JN074839

とにかく、トッポッキ

아무튼, 떡볶이

著 ヨジョ
訳 澤田今日子

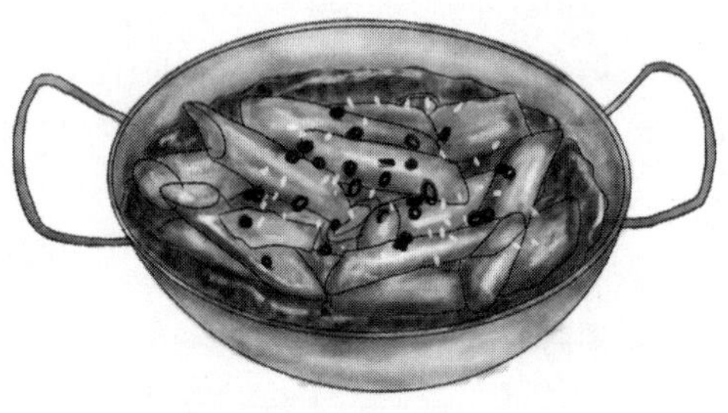

わたしはわたしの方法で、あなたを愛する。
だから、見えないからって、さみしがらないで。
見えることで満足するのもやめて。
真っ暗で先が見えない痛みと苦しみを超えて、
ここはいつも始まりの場所。
いつでもまた訪れる、始まり。

イ・ギュリ『詩の気配』（ナンダ、2019）

あなたがいる日本の秋は、どんな季節でしょうか？

韓国にも、他のどの時季よりも美しい季節、秋が訪れました。きらめく日差しに誘われ、さわやかな空気が心地良い気分にしてくれます。近頃のわたしは目を覚ますとまず外に出て、太陽を浴びようと心がけています。この文章も、公園に面したカフェの窓辺の席に座り、日の光をいっぱいに浴びながら書いています。

大きな窓の向こうに、ベンチに座ってトッポッキを食べているカップルの姿が見えます。まさに今、トッポッキの本の前書きを書いている著者に、こんな偶然が起こるなんて！　と、驚くようなことでは決してありません。韓国でトッポッキはそのくらいよく食べるものなのです。

トッポッキは、道端で手軽に小腹を満たせる間食でありながら、ある時は飲食店で味わう食事にもなります。そのうえ、酒のつまみの役割まで立派に果たしてしまうのです。

わたしのようにトッポッキ好きな人だと、無意識のうちにトッポッキだけを食べて一日過ごした、なんてことも時々あります。

この本は当初、単純にトッポッキが好きだという内容の愉快な告白になるのだろうと、軽い気持ちで書き始めました。ところが面白いことに、書き終えてみるとわたしの自叙伝とも言える一冊になっていました。どのように幼少期を送り、いかに10代を過ごしたのか。20代を経て、30代のわたしはどんな人間になったのか。トッポッキを通じて振り返るうちに、それが整理されていったことに気がつきました。そして、わたしたちは食べたものによって作られ、そうしてできた自分がまた一日を生きていく、そんな当たり前の人生のメカニズムに、改めて感動もしました。

わたしはトッポッキをおいしく味わいながら、これまでの人生を無事に生きてきました。そして、与えられた残りの時間も、トッポッキを一生懸命食べながらしっかりと生きていきたいのです。

わたしにとってのトッポッキのような食べ物が、あなたにもきっとあるはず。それはどんなものでしょう？　キラキラとした秋の日差しのもとで、その食べ物を元気に頬張るあなたを想像してみます。

2020年10月　大韓民国　ソウルにて
ヨジョ

目次

凡例
原著者による注釈は＊を付して本文中に記載した(一部、記載位置を変更している)。訳者による注釈は、章ごとに番号を振り、同頁の下部に記載した。本文中の(　)は原注、〔　〕は訳注を示す。

トクチョン、ミミネ

本書の執筆契約のため、チョ・ソジョン(ユゴー出版社代表)と会う約束をしていた時のこと。昼どきに待ち合わせて、食事をしてから契約してはどうかというチョ・ソジョンの提案を了承し、食事はトッポッキにしようと伝えた。トッポッキで心と体を清めた後、トッポッキの本を契約する。実に神聖な順序ではないだろうか。つい先日、恥をさらしたせいで頭から離れなくなったトッポッキ屋があったので、そこで会うことにした。

こんな出来事だった。ホ・セグァ[※1](ギターセッション)とソウルの弘大(ホンデ)[※2]を歩いていた。路地を1本入るとすぐに、見慣れないトッポッキ屋が目にとび込んできた。

「トッポッキ屋ができたんだ」

わたしは嬉しくなり、反射的に呟いた。店名は「トッポッキ停留所(チョンニュジャン)(떡볶이 정류장)」だったのだが、「トク(떡)」と「チョン(停/정)」が異様に大きく強調し

※1 著者の音楽仲間。曰く、「いつからかは互いに思い出せないが、少なくとも5年以上ともに活動している」。ギターの他にコーラス、編曲、話し相手など、さまざまな仕事をこなす。

※2 ソウルの弘益(ホンイク)大学近辺の通称。このエリアはインディーズミュージシャンをはじめ、若い芸術家たちの居場所となっていた。著者曰く、現在は商業化とジェントリフィケーション(都市の富裕化現象)を経て、一般的な繁華街の要素が強くなっている。

て書かれており、残りの文字は小さくてよく見えないほどだった。そのため、読むと自然に「トクチョン」になった。※3

「トクチョン*……だなんて」

> *セックスで湧いてしまった情。「体情（モムジョン）」ともいう。

　息をひそめてホ・セグァに尋ねた。

「このトッポッキ屋、名前がちょっと……いやらしくない？」

　ホ・セグァが仰天した。

「一体、姉さん※4の頭の中はどうなってんだよ。やらしい事しか考えてないんだな。最近欲求不満なの？」

　わたしもつられて仰天した。

「トクとチョンだけあんなに文字を強調されたら、そ、そりゃ、そんなふうに連想もするでしょ。なんでそれが欲求不満になるわけ？」

「そんなことばかり考えてるから、反射的に出てくるんだよ。まったく、大したもんだよ」

　彼は、店名から本当に何も想像しなかったようだ。

※3　「トッポッキ(떡볶이)」の「トッ／トク(떡)」は「餅」、「ポッキ(볶이)」は「炒め」の意。

※4　韓国では、親しい間柄の年長者を「兄さん」、「姉さん」と呼ぶ。

ついついあんな隠語が頭をよぎり、心の中だけで思っておけばよいのにわざわざ人に同意を求めてしまった。自分の頭がこんなにも浮ついていたとは。何もかもこっ恥ずかしくて、たびたび思い出しては自分を責めていたら、自然と「トクチョン」に行ってみたいという思いが強くなってしまった。

わたしたちは正午にトクチョン前で会うことにした。後から到着したわたしは、ホ・セグァ（上品なギターセッション）に恥をかかされた日とは違う方向から路地へ入った。遠くに見えるトクチョンの前に、三人のシルエットが見えた。目を凝らすと、代表夫妻と、その二人が絶妙に混ざり合ったような、子犬のように小さな子どもが、足蹴りの仕草をしている。

「どうしよう、閉まってるみたい」

困り顔のチョ・ソジョンが言った。

「あ……」

わたしは小さくため息をついてガラス扉に額をつけ、店内を覗き込んだ。約束する前に定休日と営業時間を確認したのに、休みだなんて。電話もしてみればよかった。

「トッポッキじゃなくても、他のものでもいいですよ」と、チョ・ソジョンがわたしの表情を窺ったが、わたしは考えを曲げなかった。

「トッポッキ屋はたくさんありますから。歩きながら考えましょうか?」

何でもないふりをしつつ彼らを案内しながら、慌てて頭をフル回転させた。ええっと、この近くのトッポッキ屋といえば……。あ、道を渡ったところに「組暴トッポッキ」がある。ただ、あそこは深夜まで飲んで、シメで行く店じゃなかったっけ。昼の12時に「組暴」なんて、あまり気が進まない。大昔に行った「チリ&セサミ」? あの店の即席トッポッキ[※5]もなかなかよかった。「マッコリと一緒に食べたらおいしそう」と友人が言うと、店主が「前のコンビニで買ってきて飲んだら」なんて勧めてくれたっけ。シメに残り汁で作る炒めご飯(ポックムパプ)もおいしかった。だけど、ここからだと少し歩くことになるし……それとも……。その時、目の前に真っ赤な建物の「ミミネトッポッキ」が現れたのだ。

※5 一般的に屋台などで食べるトッポッキは、既に完成された状態で提供される。一方「即席」トッポッキは調理前の材料が入った鍋とガスコンロが客席に出され、その場で煮込んで食べる形式。また、注文を受けてから調理した出来立てを提供することも「即席」と表現する場合がある。

わたしは振りかえり、にやりと笑った。
「ここに入りましょう」

ミミネトッポッキは、今や国民的トッポッキブランドの一つだ。わたしはミミネトッポッキが弘大のボボホテル交差点と呼ばれる地でこぢんまりとオープンした頃によく通っていた。* あの店がミミネの1号店だったかもしれないし、そうじゃないかもしれない。店の前に漂うおいしそうなにおいに誘われ、偶然立ち寄ったのが始まり。それからは暇さえあれば訪れ、ささやかで温かい食事を楽しんでいた。当時、不意打ちで天ぷらを配るサービスがあった。手際よくトッポッキを作り、天ぷらを揚げる店員たちの姿をじっと眺めつつ、カウンター席で自分の分をちまちま食べていると、店員の誰かがエビ天をそっと置いていくのだ。まるで「ビールも1杯いかが」と言わんばかりに。わたしはそれに応じるように手を上げ、生ビールを1杯注文したものだ。あの頃ミミネに通っていた他の常連たちも、ドアを開けて店に入るたび、「ああ、今日はあるかなぁ、幸運の天ぷらサービス！」とドキドキしたはずだ。たまに恋人を連れて行く時もあったけれど、たいていは一人で訪れた。おひとり様のためのような雰囲気だった。トッポッキ1皿、生ビール1杯、ぷっくりとした天ぷら一つ、温かいけれど周りには無頓着な人々……。すべてが、わたし一人でじっと座って眺めるのにちょうどいい分量の風景だった。

＊どこからかホ・セグァ（高潔で上品なギターセッション）が現れ、「弘大の人は『ウリ銀行』の交差点と呼ぶのに、どうして姉さんは『ボボホテル交差店』なんていう呼び方をするんだ？　一体姉さんの頭の中はどうなってんだよ……」と言いそうだ。

ところが、良い店の宿命のようなもので、ミミネトッポッキは瞬く間に人でごった返すようになった。席がなくなる心配なんてなかったのに、運が良い時しか座れない店になってしまった。一人静かに、いつまでも眺めていられた雰囲気は消え、食べたらすぐに席を立たなければいけない焦燥感が店内を満たしていた。わたしはきちんと別れのあいさつもできないまま店に行かなくなり、押し寄せる客を収容しきれなくなったミミネトッポッキは拡張移転した。今では済州島（チェジュド）にも店舗を構え、マーケットカーリー〔大手オンライン食品販売サイト〕でもミミネトッポッキを販売している。いまや、どこでも手軽にミミネトッポッキが食べられる。

　しかし、かつてのミミネトッポッキで何よりもおいしく味わったものを、今はもう食べることはできない。「雰囲気」だ。カフェで一人コーヒーやお茶を飲む時間、本屋で一人詩集を選ぶ時間、あるいは飲み屋で一人生ビールやシングルモルトをちびちびと飲む時間。わたしたちは、目には見えなくとも確かに存在する、その場の「雰囲気」も一緒に味わっている。その雰囲気の中で、簡単に定義づけできない物事に思いを巡らせ、あるいは必死に何かを考えることをやめて、しばらく時間を過ごしてみたりする。そんな時間を経たわたしたちは、より確かな自分らしさを身につけて、街へと繰り出していく。そんな経験が、果たしてトッポッキ屋でも可能だろうか？わたしはかつて唯一、まだ小さかったミミネトッポッキでそんな経験をした。今となってはかなわない。心から昔のミミネが恋しい。大きくて赤い、今のミミネトッポッキの建物に入るたびにそう思う。代表夫妻を連れて店に入る時も、「あの頃の店が恋しくてしょうがないんです」と伝えたかった。が、代わりにこう言った。*

「ニンニクの芽の天ぷらがおいしいですよ。食べてみてください」

*「恋しい」という言葉は、いつだって貧相に聞こえるから、わたしはできるだけ「恋しい」という言葉を使わないように努力している。自分の「恋しさ」を大切に扱いたいのだ。

　トッポッキとニンニクの芽の天ぷらを食べ、さくっと店を出た。トッポッキで心と体を清めるだの何だのと言ったが、儀式は実にあっけなく終わった。賑わう弘大の通りは1軒おきにカフェがあるというのに、一体どこに行けばいいのかもわからずに右往左往した。結局、偶然見つけた静かな店に入り、冷たい生ビール3杯とフライドポテトを注文した。ずっと気になっていたかわいらしいちびっ子とも、ようやくきちんと話をすることができた。彼は、自分の名前はジェハで、5歳か6歳[※6]だと言った。そして恐竜とかけっこがどれほど好きかについて、炭酸を少しずつ口に運びながら、とても丁寧に説明してくれた。

「わたしたちもこういうことは初めてなんです。ご迷惑をかけてごめんなさいね」

契約の場に息子を連れてきて申し訳ないと繰り返すチョ・ソジョンの話には上の空で、恐竜の名前をひたすら言い続けるジェハ（走る恐竜博士）の顔を見つめていた。小さな人間の瞳と唇、そして指を見ながら、かわいさがもつ恐怖について考えていた。かわいいというのは実に恐ろしい。かわいさに勝てるものなど何もないからだ。悪魔が真っ黒で尻尾が長くて、目玉が赤く歯が尖っているから、世の中はまだ安全を保っていられるのだ。ジェハみたいな子が悪魔だったら、世の中はとっくに終わってるな。そんなことを考えながら、ビールをぐいっと飲んだ。

わたしと出版社、それぞれの契約書を並べ、できるだけ大げさに書きなぐってサインをした。「ユッ」[※7]を

※6　韓国では通常、数え年で年齢を表す。本書でも原書の年齢表記をそのまま採用している。

※7　すごろくのような伝統的な遊び「ユンノリ」で使われる木の棒。

投げる時とサインをする時は、振り回せるだけ振り回すべしと習った。

　サインをし終わる頃、チョ・ソジョンがこんなことを言った。

「うちの近所によく行くトッポッキ屋があるの。今度ジェハと一緒に行きましょう」

　トッポッキよりも、ジェハと一緒だということが嬉しくて、わたしはサインをする手を止め、喜んで頭をひょいと上げた。

「わあ、もちろんです！　何というお店ですか？」

「コペンハーゲントッポッキ」*、だそうだ。

＊その後、わたしは何度かチョ・ソジョンに「ストックホルムトッポッキ」を食べたいとメッセージを送った。彼女は一度も訂正してくれなかった。

団らんの喜び

ペク・キニョ（母）とシン・ジュンテク（父）は、外食をしない夫婦だ。シン・ジュンテクは、1997年のIMF通貨危機をきっかけに没落した事業を長い歳月かけて持ち直そうとするも結局失敗し、今は清掃管理の仕事をしている。還暦を過ぎても毎日学生のように、ペク・キニョが作ってくれる弁当をゆらゆらぶら下げて出勤する。だからと言って、シン・ジュンテクのことを、妻をこき使う非情な夫だなんて思ってはいけない。「わたしの料理は外で食べるどんなものよりも健康的でおいしい」というのがペク・キニョの考えであり、シン・ジュンテクも妻の意見に心から賛同している。ゆえに、日々弁当を作り、それを食べる二人の生活は、ひとえに誠実な恋愛行為に過ぎない。

両親から独立して10年以上経つけれど、実家を訪れた時の食事中の会話は、10年前も今も変わらない。出されたおかずがあまりにも絶品だと感嘆するシン・

ジュンテク（家庭料理万能主義者1）に対し、ペク・キニョ（家庭料理万能主義者2）がどのようにそれらを考案し、また作ったのかを恩着せがましく説明するというスタイルで会話は進む。わたしの役割はというと、時々適度に合いの手をはさみ、シン・ジュンテクが食べ損ねているおかずをつまみながら「どうしてわたしが作るとこの味にならないんだろう」と言うことだ。

とはいえ、この二人の家庭料理万能主義者も、まだ30代だった1980年代には、時々外食を楽しむ夫婦だったと記憶している。当時、二人のフェイバリット外食メニューはアンコウ鍋だった。一方、少女シン・スジンの大好物はトンカツ[※1]だった。この趣向の違いをわたしたちは次のようにして解決した。

ペク・キニョとシン・ジュンテクが外食を提案する。わたしは喜んで二人の手を片方ずつ握り、家を出る。

わたしたちはソウル・弥阿洞（ミアドン）を出発し、そろそろと歩いて三陽（サミャン）交差点に到着する。仲睦まじく、いつ

※1　箸で食べる和食の「とんかつ」とは異なり、韓国で独自に進化し、1960年代から軽洋食店の看板メニューとして親しまれるようになった。「トンカス」と発音され、現在では「昔風トンカス」などとも呼ばれる。「とんかつ」よりも薄くのばした豚肉に衣をつけて揚げ、洋風のソースをかけてナイフとフォークで食べるのが一般的。

もどおりにとある建物に入る。2階か3階にある洋食レストランに着く。片隅の薄暗い席、クッションの弾みがちょうどいいソファに、わたしがジャンプするように飛び上がって座る。二人は入り口に向かい、慣れた様子でトンカツを一つ注文し、先に会計を済ませる。そしてわたしに手を振り、ゆっくりと背を向け、闇の中に消えていく。

子ども一人にはテーブルがあまりにも大きい。わたし、シン・スジンにとっては、他の家族連れに囲まれる気まずさや寂しさなんて、どうだっていい。運ばれてきたクリームスープにすぐにコショウをまんべんなくかけ、綺麗にすくって食べる。ケチャップとマヨネーズのソースがかかったシンプルなサラダも、むしゃむしゃとよく嚙んで食べる。そのうちトンカツがやってくる。わたしの食の好みを把握している店のおばさんは、パンかライスか尋ねもせず、ライスを出してくれる。トンカツの端のサクッとしたところから器用にナイフを入れ、一口ずつデミグラスソースをまとわせ、これ以上ないほど完璧に仕上げて口へと運ぶ。マカロニとマッシュポテト、ライスは平らげるけれど、えんどう豆とレッドビーンズは残す。

レストランは、他の客がいてもいなくてもいつも静かだ。向かいのソファの柄をじっと見つめながら、トンカツまですべて食べ終えると、おばさんがオレンジジュースを持ってきてくれる。

ジュースを飲むひとときの間、あっという間に平らげてしまった食事がどんなにおいしかったかとしばし思い返す。お腹の奥底にそのおいしかった食事が収まっていると思うと気分も良い。ずしっと重くなった体でのそのそとソファから降り、おばさんに丁寧にあいさつをして、建物を出る。

三陽洞の方へ少し歩き、通い慣れた右手の狭い路地へ入ると、古いアンコウ鍋屋がある。少しばかり心の準備をして、扉を開ける。中からはいろんな音が飛び出してくる。食べる音、話し声、注文する声、テレビの音、笑ったり、怒ったりする声。まるで力いっぱい逃げ出そうとするように飛びかかってくる声を浴びながら、その場にいる人の多さを想像する。

熱気に満ちた店内で向かい合って座り、汗をかきながらアンコウ鍋を食べるシン・ジュンテクとペク・キニョを発見する。わたしは靴を脱ぎ、黄色い床に座る人々の背中とお尻を避けながら、両親の下へと進む。誰が来たのかと、人々は無意識にわたしの方へ少しだけ視線を向ける。そのほんのわずかな視線をあちこちから感じ、次第に疲れてくる。

「いらっしゃい。おいしかった？　アンコウ鍋も食べなさい」

ペク・キニョはわたしを隣に座らせるといつもそう言う。わたしは「うん」と返事をするが、箸を手に取ることはない。おいしそうに食べるシン・ジュンテクとペク・キニョの顔を見つめながらただじっと座り、二人と一緒に立ち上がって、再び片方ずつ手を握り、家へと帰るのだ。

これが幼い頃の外食風景だ。いつも両親が仲良く何かを食べ、それをわたしが眺めているか、わたしはわたしで食べたいものを一人でおいしく食べた。顔を突き合わせ、同じ皿をつつき合う経験はしたことがなかった。

ある日、ペク・キニョの手を握って歩いていた時に、トッポッキを食べたいとせがんだことがある。軽食屋の前で「トッポッキ」という文字を指差したのだったと思う。ペク・キニョは黙ってわたしを連れて店に入り、気乗りしない様子で言った。

「子どもだけ食べるので、トッポッキ1人前ください」

すぐによもぎ色のメラミン皿に入ったトッポッキが出てきて、わたしはおとなしく食べ始めた。今思い出しても味は良かった。

静かな通りを、日光が明るく照らしていた。照明を消していた店内は、外が明るすぎたために一層暗く思えた。入り口に一番近いテーブルで、ペク・キニョはわたしの斜め前に足を組んで座り、無心で通りを眺めながらわたしが食べ終わるのを待っていた。ゆらゆらと動くペク・キニョの足の先を眺めながら、トッポッキを一つずつ、フォークにさして食べた。

ところが、トッポッキをしばらくの間じっと見つめたペク・キニョが、餅を一つ口に入れたかと思うと、すぐさまわたしのフォークを奪いとった。

「おばさん」

　恐ろしい顔でペク・キニョが軽食屋の店主に問いただした。

「これをトッポッキだとおっしゃるの？　煮込みすぎてぶくぶくに膨れてるじゃない」

　おばさんが抗議した。

「さっき作ったばかりですよ」

「作ったばかりだなんて、冗談でしょう。こんなに餅がぶくぶく膨れるのは、相当時間が経ってるからよ。一度召し上がってくださいよ。これが作りたてかどうか。外に『即席』[※2]なんて書いておきながらこんなものを売るなんて。子どもしか食べないだろうと思ったんでしょう。ちゃんとしたものを作り直してください、早く！」

　もめる二人を見ながら、わたしはペク・キニョに腹を立て始めた。おいしく食べていたのに、どうして取り上げるのか。餅が膨れるってどういう意味なのか。「即席」とはなんなのか。もう半分食べてしまったのに、また作れだなんて、どう考えたってペク・

※2　「即席」については、P.011の訳注参照。

キニョが悪い。

店主はぶつぶつ言いながら厨房に戻っていった。心が痛んだ。息巻いたペク・キニョがまたわたしの前に座った。こちらの怒りなど気にも留めず、わたしの額に垂れ下がった髪の毛を梳(と)かしながらつぶやいた。

「やれやれ、あんたがあんなぶくぶくに膨れたのを黙って食べていたなんて。バカみたい」

しばらくして、またトッポッキが1皿運ばれてきた。

「あんたはさっきたくさん食べたから、全部は食べられないでしょ？　母さんと一緒に食べよう」

ペク・キニョはそう言って椅子を引き寄せて座り、フォークを手にとった。わたしもまた、トッポッキをフォークにさして食べた。

あの日わたしは、おいしいトッポッキを食べていたらそれが目の前から消え、もっとおいしくなって再び現れるという不思議な体験をした。膨れた餅と膨れていない餅の食感の違いだとか、「即席」のざっくりとした意味も、なんとなく学んだ。そして何より、家の外で顔をつき合わせ、一つの料理を一緒に食べる団らんの喜びを、初めて味わった。すぐにお腹いっぱいになったが、ペク・キニョと同じところへ手を伸ばし続け、しばらくフォークを放さなかった。

とある引力

釜山(プサン)での仕事の予定があった。友人のセンソン(作家)[※1]による書籍『何者かにならなくても』のブックトークイベントの進行役だ。

ポッドキャスト「たかが本、されど本」[※2]のメンバーとのチャットで釜山行きのことを話すと、「わたしも行く」と返信があった。イ・ヘヨン(チームリーダー)だ。「釜山に1泊して遊ぼうよ」という彼女のメッセージのあと、間髪いれず釜山出身のチョン・イェウン(プロデューサー)とムン・ソラ(課長)[※3]が賛同した。わたしという触媒を通して、「釜山1日遊興メンバー」が結成された。

特に会う約束はしていなかったが、ソウル駅でイベントの中心人物、センソンに出くわした。何やら不機嫌そうだった。人の機嫌というものが周りに与える影響は大きく、表情や態度のわずかな変化がその場の空気を一瞬で変えてしまうものだが、彼の機

※1 「センソン」は魚の意。作家キム・ドンヨンの本名以上に知られているニックネーム。「魚はまぶたがないため瞬きをせず、生きている間すべてのものを見届ける」というエピソードに感銘を受け、すべてを受け入れる人でありたいという思いから自分でつけた。

※2 2016年に開始したブックトーク番組。ともに番組を進行していた作家チャン・ガンミョンが執筆に専念するために役を離れると、2020年からチャンネルをYouTubeに移行。一人で進行役を務めている。

※3 チョン・イェウンは、同番組を放送するポッドキャストポータルサイト「Podbbang(팟빵)」のプロデューサー。ムン・ソラはイ・ヘヨンの後任。

嫌が及ぼす影響はほぼゼロに近かった。少なくとも、わたしにとっては。なんだかとても不細工な表情で誰かを待っている様子のセンソンに近付き、「どうしたの。何かあった？」と心配する代わりに、「あとでね」と言っておいた。

釜山駅でイ・ヘヨン、ムン・ソラと合流した。いつも会うのはスタジオだったので、慣れない場所で会うのはとてもぎこちなかった。*

＊実を言うとわたしはぎこちない空気が好きだ。ぎこちなさと新鮮さをはっきりと区別できない。

「カフェでなにか飲みません？　さっきソウル駅でセンソンに会ったけど、釜山駅で待っていてほしいって」と二人に言った。

わたしたちはカフェに入り、初めて見る「何とかラテ」を頼んでみた。実においしくなかった。驚くほどのまずさを面白くさえ感じていたところに、センソンが現れた。相変わらず不細工な表情だった。午後2時に始まるイベントまで、あと2、3時間余裕があった。

イ・ヘヨンとムン・ソラは、有名なムルフェ屋※4で昼食をとることにしていた。わたしはムルフェを一度も食べたことがないし特別好きになれそうにもなかったが、イ・ヘヨンとムン・ソラのことが好きだったので、一緒に行くことにした。センソンは不機嫌そうな表情のまま、ムルフェは食べたくないと言った。カフェに残ってサンドイッチか何かを食べ、先に会場入りするという。ソウル駅で会った時以上に協調性がなかった。センソンの不機嫌さなどまったくお構いなしなのは、わたしだけではない。彼がいくら不満を口にしても、イ・ヘヨンとムン・ソラは少しも顔をこわばらせることもなくニコニコし、彼の泣きそうな顔を気にも留めていなかった。

わたしたち三人はタクシーに乗り、ムルフェ屋に向かった。イ・ヘヨンがすぐに運転手に馴れ馴れしく声をかけ、運転手の話を聞いてケラケラと笑った。どんなにテンションが上がろうが表情に出さない照れ屋のわたし、シン・スジンも、彼女の健康的で炭酸みたいなエネルギーには同化せざるをえなかった。

※4　ムル(水)+フェ(刺身)。刺身に氷水とコチュジャン、野菜、薬味などを入れて食べる釜山近郊の名物料理。

ちょうど地方選挙のシーズンで、道路脇のいたるところに候補者の垂れ幕がかかっていた。そこに書かれたウィットに富むキャッチコピーは、ソウルのそれとは次元が違っていた。*

*最も記憶に残っているのはイ・ジョンヒョク候補の「無所属(ムソソク)が喜消息(ヒソシク)！」だった。※5

釜山の政治家たちのユーモアセンスに感心しきっている間に、ムルフェ屋に到着した。2階に上がり店内に入ると、窓の向こうに広がる青い海が目に飛び込んできた。わたしは聞き分けの良い娘のようにイ・ヘヨンとムン・ソラのそばに座り、専門家のようにあれこれ注文する二人を大人しく見守った。

初めて食べるムルフェは、冷麺に似ていた。たくさん残してしまったけれど、十分食べて、満足感たっぷりの食事になった。再びタクシーに乗り、イベント会場のデパートにやってきた。

控え室に行くと、いつからそこにいたのか、センソンが眠っていた。イベントまで1時間ほどあったので、少し化粧を直し、本を読んでいた。少しして目

※5 「便りがないのは良い便り」を意味することわざ「無消息（ムソシク）が喜消息（ヒソシク）」をもじり、発音の似ている「無消息」と「無所属（ムソソク）」をかけて「無所属は良い便り」としている。

を覚ました彼は、顔つきが良くなっていた。どうもこの日のイベントは、彼の本の公式イベント最終日だったようで、舞台上での彼はいつもより必死に、何度も繰り返し同じ話をしていた。気の毒になったわたしは、その度に初めて聞いたかのように振る舞った。予定の時間を随分とオーバーし、イベントが終わった。

「兄さん*、この後どうするの？」

＊わたしたちは昔から互いを「兄さん」と呼んでいる。

不機嫌さを自ら克服し、すっかり顔つきが良くなったセンソンがわたしに尋ねた。
「ポッドキャストのメンバーとおいしいものでも食べに行こうかなって。兄さんは？」
センソンは今夜、飲み屋でファンの人たちと一緒にこぢんまりした打ち上げをすると言った。
「興味があったら兄さんもおいでよ」
とセンソンが言った。興味はなかった。わたしたちは次の機会に会おうと約束した。

前日から釜山に来ていたチョン・イェウンも合流した。釜山で会う釜山出身のチョン・イェウンは、明らかに何かが違った。誇らしさやプライドが表情に表れ、言い知れないオーラを放っていた。これぞまさに「ナワバリ」の力……。心の中で静かに圧倒されていた。

海雲台(ヘウンデ)近くのホテルに急いで荷物を下ろし、港の方へ夕食に向かった。メニューは貝焼きだった。貝焼きに目がなく、まだ刺身を食べ慣れていない未熟なわたしへの配慮だろう。わたしたちは熱烈に食べ、飲んだ。人気店なのか店内は大にぎわいで、大声で話さなければならなかったけれど、それがかえって良かった。どんなに大笑いしようと騒音にかき消されるのですっかり安心し、声がかすれるまで笑った。怪物のように食べたわたしたちは、少女のような顔で店を出た。

店の前で空車のタクシーを見つけ、すぐに乗り込んだ。ところが一向に路地から抜け出せない。

「何が起きているの？」

助手席のイ・ヘヨンが窓から頭を出し、周りを見回した。路地への出入り口が狭いせいで起きる単純な渋滞ではなさそうだ。狭い路地で身勝手な停め方をした1台の車のせいで、他の車が身動きできなくなっていた。イ・ヘヨンが急にタクシーを降りた。ここからは若干の誇張と想像も含んでいる。なぜならわたしは恐怖から、車内に残ってこっそり盗み見ていただけだからだ。

イ・ヘヨン（ファイター）が、問題の車の横で両手を腰に当てて立ち、大声で叫ぶ。車の後部をゴンゴンと叩きながら、「運転手出てこい！　誰だこんなところに停めるのは。出てきな！」と叫んでいるらしい。

問題の運転手が現れる。申し訳ないが彼のことはチンピラと呼ばせてもらう。大したこともないくせに、イ・ヘヨンに向かってあれこれ叫んでいるからだ。イ・ヘヨンは、自分の悪行も顧みず逆ギレする運転手（チンピラ）に、一層強めの怒声を浴びせる。彼女の目が赤く燃えている。結局、運転手は大人しく車を動かし、駐車し直す（一体イ・ヘヨンはどんな怒声を浴びせたのだろうか）。

しばらくして、問題を解決したイ・ヘヨンが再びタクシーに乗り込んだ。ついさっきまでわたしとあれこれ話していたタクシーの運転手は、イ・ヘヨンが助手席に戻ると黙り込み、わたしたちが降りるまで、息をする音さえ出さなかった。

その後もわたしたちはチョン・イェウン（釜山ガイド）のリードのもとビールを飲み、冬柏島（トンベクソム）を散歩した。書き尽くせないくらい、笑える出来事の連続だった。そうして、わたしのエネルギーゲージはだんだんと減って赤くなり、尽きようとしていた。

夜が更けた。わたしたちは海雲台近くの高級ホテルの前に座り込んでいた。チョン・イェウンが「よし、じゃあもう……」と言ったので、わたしは「そろそろホテルに戻ろうか」と続くと思い、いそいそと心の準備をし始めた。チョン・イェウン（エナジャイザー1）の続きはこうだった。

「タクシーでビーチまで行って、もうちょっと歩く？」

驚いた。しかし、イ・ヘヨン（エナジャイザー2）の発言はそれ以上だった。

「それよりカラオケ行こうよ」

さらにはムン・ソラ（エナジャイザー3）なんて、内心はクラブに行きたがっているようだった。さっきホテルに荷物を下ろしに行った時も「クラブに行くなら着ようと思って」と露出の過度な服を見せてきたのだ。それでも彼女は、どこに行こうともついていく準備はできている、と言わんばかりに、疲れ知らずな顔でイ・ヘヨンとチョン・イェウンを交互に見つめていた。

疲れてるの、わたしだけ……？　すごい衝撃だった。衝撃を受けたことで余計に疲れた。

「あ、じゃあわたしは先にホテルに戻りますね……」

わたしはいじけて言った。

ホテルに戻ってあたふたとシャワーを浴び、頭にタオルを巻いたままベッドに倒れ込んだ。おまけに、翌日は彼女たちよりも遅く起きた。目をこすりながら、結局昨日はどこに行ったのかと聞いて、さらなる衝撃を受けてしまった。カラオケとビーチで迷った末に、両方やってのけたというのだ。この人たちはエネルギーが無限に出てくるのだろうか。ちょっと憂鬱になった。

チョン・イェウンは釜山の家に戻ると言い、ムン・ソラは早めの列車で先にソウルに戻ると言った。残るはわたしとイ・ヘヨン。チョン・イェウンは別れ際まで自身の本分を忘れていなかった。

「海雲台の前にある『元祖アワビ粥店』に行って！他に選択の余地なし！」

わたしたちは大人しく彼女の言うとおりにした。

イ・ヘヨンは静かだった。彼女のスタミナからして、昨晩遊んだくらいで疲れる人ではない。わたしの憂鬱な感情が移ったのだろう。わたしはいつも周りを湿っぽい空気にする。わたしたちは淋しい話をしながら、実においしいアワビ粥を食べた。そしてソウル行きの列車の時間まで、何をして過ごすか話し合った。

わたしは昨晩一周した冬柏島にもう一度行こうと提案した。昼間はまた違う魅力があるはず。わたしたちは前日とは反対回りに歩くことにした。夜はロマンティックで、しっとりとした雰囲気だった道が、昼間は明るく麗らかだった。冬柏島を存分に巡り、近所のカフェでコーヒーを飲んだが、それでも時間が余った。

国際市場（クッチェシジャン）〔釜山中心部の大規模市場〕を思い出した。国際市場の古着を見て回ってから釜山駅に向かえば、ちょうど良い時間になる気がした。すぐにタクシーに乗り、古着通りに向かった。

「こんなふうに服が地面に積まれて、1000ウォン、2000ウォンで売られてるんです」

国際市場に来るのは初めてだと言うイ・ヘヨンを引き連れ、わたしは得意げに説明した。わたしの服はこの通りで買ったものが割と多い。何しろ古着が好きなので、釜山に来ると決まってこの市場に立ち寄るのだが、誰かに紹介するのは少し緊張した。わたしにとってはアイテムの宝庫のような通りだが、服の趣味が違うイ・ヘヨンにはどれも使い古されたくたくたの服に見えるかもしれない。別の場所のほうが良かったかと一瞬後悔したけれど、今になって思えば、あの時あの地を訪れたのはわたしの意志ではなく、とある引力によるものだったのかもしれない。なぜならあの場所で、イ・ヘヨンと同じ魂を持つ人物に出会ったからだ。

ずらりと並ぶ古着にあまり積極性を見せなかったイ・ヘヨンが、とある店の前にあった1000ウォンの商品に興味を持ち、長い間立ち止まっていた。横で待っていたわたしは、その店の中にも入ってみた。すると、そこにはイ・ヘヨンにそっくりの女性がいたのだ。便宜上、彼女を「釜山イ・ヘヨン」と呼ぶことにする。店内には釜山イ・ヘヨンと、彼女が「母さん」と呼ぶ店主の二人が座っていた。入ってきたわたしをまじまじと見つめ、店主が言った。

「やっぱり、女は痩せてなきゃダメだね」

横で釜山イ・ヘヨンが快活に相槌を打った。

「あの破れたジーンズ、痩せてるから似合うんだよ、ね、母さん」

わたしは気恥ずかしくなりジーンズの穴に手をやった。イ・ヘヨンも店の中に入ってきた。店主が言った。

「やっぱり、女は背が高くなきゃダメだね」

横で釜山イ・ヘヨンも続ける。

「わたしなんて背は低いし、太ってるし、この肉はいつになったら取れるやら」

わたしにつられて大人しくしていたイ・ヘヨンだったが、自分に似た人を前に、突然活力を取り戻した。

「そんなことないですよ！　そのままでもすごく素敵ですよ、胸も大きくて！」

わたしも横で同意した。

「そうですよ」

わたしが店内の服を眺めている間、イ・ヘヨンは釜山イ・ヘヨンと話しているようだった。数分にも満たなかったが、二人は強く共感し合っているように見えた。

店を出て、周辺をもう少し見て回った。列車の時間が近付いていた。イ・ヘヨンが言った。

「乗る前に何か軽く食べます？　トッポッキか何か」

「いいですね」

「どの路地も道端であれこれ売ってるんですよ」と言ってはみたものの、探せる気がしなかった。その時、助っ人のようにあの人がまた現れたのだ。釜山イ・ヘヨン。

釜山イ・ヘヨンは、さっきの店のものであろうド派手な服に、ひやっとするほど高いハイヒール姿で、ぱっと見はビヨンセだった。イ・ヘヨンが大喜びして言った。

「わあ、ここでも会えるなんて！　ソウルに帰る前に、軽く何か食べようと思って。トッポッキか何か」

釜山イ・ヘヨンの目が輝いた。

「トッポッキ？」

「ええ、このあたりで食べようかなって」

と、わたしが言った。釜山イ・ヘヨンは、トッポッキを食べるならカントン市場だと答えた。

「カントン市場？」

何それ？　という顔のイ・ヘヨンをじっと見つめながら、釜山イ・ヘヨンが簡潔に答えた。

「ダメだ、ついておいで」

突然、釜山イ・ヘヨンが猛スピードで歩き始めた。わたしたちも急いで後を追った。わたしたちだけではなかった。釜山イ・ヘヨンとどこかに行こうとしていたであろう男性(彼氏または夫)が、前日のセンソンと同じふてくされた顔で、不満そうについてきていた。

それにしてもなぜあんなに高いヒールで、こんなに速く歩けるのだろう。危うく見失いそうなので釜山イ・ヘヨンの高いヒールに視線を固定し、向かってくる人波を押しわけ、懸命にあとを追った。汗だくで歩き、国際市場の横にあるカントン市場のとある路地までやってきた。我々を導く釜山イ・ヘヨンが、一軒の店の前でピタリと立ち止まった。

「姉さん、ソウルからのお客さんだよ。3000ウォン分お願い」

わたしは息を切らしながらも、すばやく鉄板の上を確認した。正直言ってこんなふうにしてまで来る必要があるとは思えない、かなりさえない店だった。

店のおばさんは「うん」と言うと、みすぼらしい鉄板の上をお玉で何度かかき混ぜ、餅をいくつかとオデン[※6]を皿に盛ってくれた。餅は棒状で短く、真っ赤なヤンニョム〔コチュジャンや味噌などを混ぜた薬味だれ〕は口に入れた瞬間からかなり辛そうだった。

※6　日本語の「おでん」に由来。魚肉の練り物などを串に刺して煮込んだもので、主に屋台料理として、キムパプ(韓国の海苔巻き)やトッポッキなどとともに売られ親しまれてきた。

「本当にありがとうございます。いただきます」

わたしはお礼を言い、楊枝で一つ口に入れ、嚙み切った。そして……ゆっくりとイ・ヘヨンの方を見た。彼女も同じ目でこっちを見ていた。

「何、これ……」

色から想像される強烈な辛さは全くなかった。ヤンニョムは情の深い人みたいに落ち着いた甘さ。ただ、その奥深くには「いくらでもお前たちを苦しめられるが、我慢しておいてやる」と言わんばかりの辛さが潜んでいた。決して口にした者を攻撃してくることはないが、食べた人間が勝手に制圧されてしまうような、そんな辛さだった。

イ・ヘヨンとわたしは、このおいしさは一体何なのかと、呆気にとられた時に出てくる感嘆詞を順に口にしながら、3000ウォンのトッポッキを一心不乱に食べ尽くし、おかわりまで頼んだ。

その様子を、釜山イ・ヘヨンは横でオデンの串1本をつまみながら、満足そうに見つめていた。ふくれっ面をして後ろからついてきた男性は、わたしたちが尊敬の眼差しで釜山イ・ヘヨンを見つめるのを見て、誇らしそうだった。

釜山イ・ヘヨンとじっくりトッポッキを称え合いたかったが、そんな余裕はなかった。列車の時間まで30分も残っていない。最後のトッポッキをきちんと飲み込めず、頬を膨らませたまま大通りに向かって走り始めた。一刻を争うその間も、釜山イ・ヘヨンはトッポッキ屋の横で飲み物を売っていたおばあさんから紙コップに入ったシッケ〔日本の甘酒に似た伝統的な発酵飲料〕を二つ受け取り、わたしたちに持たせてくれた。シッケがこぼれないように走るのは至難の業で、わたしがあたふたしていると、イ・ヘヨンはシッケを持ったまま巧みに走りながら、釜山イ・ヘヨンと「また会おう」と熱く誓い合っていた。

「トッポッキ、マジでうまかったでしょ？　また来てよ！　釜山のアツい店はわたしが全部知ってるから！」

「本当？　姉さん、じゃあ次はクラブ行きたい」

「良いクラブ連れてってあげるから、またわたしについておいで！」

「ありがとう、姉さんだけが頼りだから！」

「気をつけて行きな！　また来たら絶対連絡してよ」

連絡先も知らないのに、一体どうやってまた会うというのか。シッケに気を取られていて聞きそびれた。ただ、タクシーを捕まえて「運転手さん！　釜山駅まで、急いでください！」と叫ぶイ・ヘヨンを見ながら、イ・ヘヨンと釜山イ・ヘヨンなら、同じ魂をもつこの二人なら、連絡先なんて知らなくったっていくらでもまた会えるだろうと確信した。

釜山駅にはなんとか間に合った。席が離れていたので、わたしたちは列車の前で別れた。

少林寺(ソリムサ)に向かって歩いた*

＊この文章は、キム・ナミ（作家）の自宅で書いた。旅行作家らしく長期の旅行中だった彼女に許可を得て、ソウル・付岩洞(プアムドン)の家で約1ヵ月を過ごした。その間、コンビニの「ジャイアントトッポッキ（ニンニク味）」を何度も食べた。キム・ナミ、そしてジャイアントトッポッキの商品キャラクター、キム・ジュニョン（コメディアン）に感謝を伝えたい。

昨夜は、とにかく祈りたかった。

わたしは祈ることが大好きだった。宗教を信じていた頃の話だ。宗教を持たない今では、誰に対して祈ればいいのかわからない。宗教を持たずに生きる人間の悲しみである。

その気にさえなれば、誰に対してだって祈れるのではないか、そう思うかもしれない。間違いではない。ただ、過去に宗教的信仰というものを非常に強く持っていた人間として少々威張って言ってしまうと、信仰のない状態での祈りなど、子どものままごとと同じだ。食器も食べ物ももっともらしくできているが、実際に食べることはできない。時々、インチキ宗教でもいいからもっともらしい真理にだまされて、失った信仰心をまた取り戻したいと思うことがある。そうすれば、喜んでまた祈ることができるのに。

とにかく、わたしはもう祈りたくても祈れない人間になった。祈りたくてたまらない時には、先にあの世にいった、この世界のどこにも存在しない、わたしには決して探し出せない、シン・スヒョン（妹）やシン・スルレ（祖母）にあれこれ話しかけてみるのだ。それでも昨日は、誰にも話しかけずに眠りについた。

悪夢を見た。両手がぼろぼろになる夢だった。手の届くものすべてがわたしを攻撃した。クリップを取ろうとすると手を嚙まれ、はさみを取ろうとすると刃が開いて指を切りつけてきた。あらゆるものが攻撃するために姿を変え、わたしの手をめがけて突進してきた。夢の中にはペク・キニョ（母）もシン・

ジュンテク（父）もシン・スヒョン（妹）もいたが、誰もわたしを助けてくれなかった。

手のいたるところが裂け、ぼろぼろになった。あまりにも痛く、悔しかった。結局、風船がパンッと割れたように涙が溢れ出し、その小さな「パンッ」という音に驚いて、現実でも目が覚めてしまった。すでに目には涙が溢れ、わたしは必死にすすり泣いていた。目を覚ますしばらく前から泣いていたようだった。そのまますすり泣き続けて、ぼんやりとまた眠りについた。

朝起きると、洗濯をしたくなった。

この家に初めて来た日から、頑固に守り続けていることがあった。ここでは洗濯機を使わないと、あの日わたしは自分自身に宣言したのだ。少しでも水とエネルギーを節約したかったし、単純に不便なルールを設けて自分を少し困らせ、この家での生活をもっと面白がってみたかった。下着は幼い頃から手洗いする習慣があったので問題なく、服にはファブリーズをふりまきながら着た。タオルも1ヵ月間洗わず、日なたに干して乾かしてから再び使い、耐えていた。そんな中、今日はどうしても洗濯機を回してしまいたくなった。結局我慢できずに洗うものをあれこれ集めてきて、洗濯機に入れた。

1ヵ月ぶりに洗濯機を使う記念に、窓辺に座って洗濯槽が回るのを意味ありげに見つめた。縦型ではなくドラム式なので、見ていて面白かった。

本格的に弾みがつくまでの洗濯機は、どういうわけか見ていて気持ちの良いものではなかった。しつこく人を驚かせて面白がるムカつく男子たちを見ているようだった。だけど、ウォーミングアップを終えて本格的に回り始めた洗濯機の動きはとても素敵だった。仕事ぶりを見せびらかすこともなく自分の役割を黙々とこなし、偉ぶらず、冷静で静か。わたしもこう在りたいと思う姿だった。演劇の第一幕が終わりを告げるようにヒューと大きく息をつく音がして、すすぎに移った。わたしも立ち上がり、雑然とした家の中を歩き回りながら片付けた。

いい天気だし、出かけなくちゃという気になった。

バス停まで歩いて気がついた。1ヵ月間、わたしはずっと同じ方面にばかり足を運んでいた。その方向へ進めば鍾路（チョンノ）※1だからだ。わたしは実に「鍾路的」な人間なので、何でもまずは鍾路で探す癖がある。病院に行く時も、本屋に行く時も、打ち合わせも友人に会う時も、鍾路。いつも鍾路なのだ。市庁や光化門（クァンファムン）、貞洞（チョンドン）に向かってのそのそと歩きながら、これがいわゆる「ナワバリ」なのかもしれない、と思ったりする。この家がある場所も厳然たる鍾路区なので、悩むことなくいつも鐘閣（チョンガク）の方角にばかり足を運んでいた。その事実に1ヵ月してからようやく気づいて、今日はわざと反対方向へ歩いた。不慣れなのがまた良かった。

歩いていると、雪のように真っ白な歩道橋が現れた。そのすぐ横のバス停に目をやると、停留所名は「洗剣亭（セゴムジョン）小学校」。思い切って右へ曲がり、町内へと入り込んだ。コンビニを通り過ぎ、小さなカフェを過ぎ、小さなクリーニング屋も、小さなキムパプ屋も過ぎて、小さなカキ氷屋の前も通り過ぎた。わたしは宗教を持たない人が真似て行う祈りのことを不

※1　ソウルの中心部。昔ながらの品位ある風景が古宮と市庁の間に残る。鍾路区にある高校に通っていた著者にとっては馴染み深い場所であり、書店を初めてオープンしたのも鍾路区北村（プクチョン）。今も鐘路一帯を歩く時が最も心が落ち着くという。

憫で滑稽だと思っていたが、まさにここはそんな町だった。ままごと遊びのように小さくて、綺麗で、不幸なことは起こらなくて。にせものの食べ物をもぐもぐとおいしく食べるふりをしながら、ひたすらそこに立っていたい、そんな町だった。

少し戸惑いながらも歩き続けると、白沙室（ペクサシル）渓谷への案内板が目に入った。まるで「Drink me」と誘惑するような案内板の前で、不思議な洗剣亭の国のアリスになったような気さえした。思い切って白沙室渓谷へ歩いて入ろうかとも考えたが、思い直して後ろに向き直った。とりあえず、お腹が空いた。花より団子、白沙室渓谷より団子。

再び、初めに見たおかしなくらいに真っ白な歩道橋の前に立った。渡るか渡るまいか迷いながら歩道橋の反対側に目をやると、「トッポッキカフェ」という店が見えた。トッポッキも好きだしコーヒーも好きだけど、どういうわけか、二つが並ぶと魅力半減だった。それでもお腹が空いていたので、「カフェ」の文字を見なかったことにして、白い歩道橋を渡ることにした。

トッポッキカフェに入ると、いくつか並んだテーブルの間を女性が慌ただしく動き回っていた。どう見ても忙しい店には見えないのだが、彼女は忙しそうだった。思えば、わたしもそんな誤解の主人公として生きてきた。本屋で静かに座り、夢中でメールに返信し、精算している時、入店してくる人たちは「暇そうですね」と口にするのだ。

わたしは今まで、忙しいと言う人に「忙しいのは良いことだよ」なんて言ったことはない。いや、言ったかな？　もしそうなら、その人のことがあまり好きじゃなかったからだろう。*

* わたしには好きではない言葉を、好きではない人にあえて言う意地の悪い癖がある。例えば、好きではない人に「ファイティン（頑張って）」と言ってみるとか……。直そうと努力はしている。

「あの、食事できますか？」

「ええ」

店主は仕事の手を止め、すすっと厨房に向かった。わたしは窓際のテーブルにかばんを置き、厨房近くのカウンターに置かれたメニューに目をやった。スープトッポッキとヤンニョムトッポッキ。両方食べたくてしばらく悩んでいると、「そんなに遠くから見えますか？」と、店主がメニューを持ってきてくれた。近付いてくる彼女の顔には、かわいらしいそばかすがあった。

「あの、スープとヤンニョムの違いはなんですか？」

照れながら尋ねると、ヤンニョムトッポッキはトッコッチ[※2]のような感じだと説明してくれた。わたしはスープトッポッキを注文した。

店内にはBIGBANGの歌が流れていた。初めて耳にする曲だったけど、なんとなくそうだとわかった。歌の中には、過去に聴いたことがなくても声やムードだけで誰の曲かわかるものがある。特にハミングアーバンステレオ[※3]の場合、もっと若い頃に長い時間をともにしたせいか、前奏を聴いただけで「イ・ジリン（友人）[※4]が作った曲だな」とわかる。そんなふうにわたしの歌を当てられる人もいるのだろうか。ほんの少し聴いただけで、わたしのだってすぐにわかってくれる人が。シン・ジュンテクはよく、IU（アイユー）の

※2　串刺しの餅を揚げてヤンニョムをつけたおやつ。

※3　2000年代初頭に旋風を巻き起こした韓国のインディーズバンド。著者曰く、「ミュージシャンになるつもりは特になかったが、彼らのアルバムに参加して歌ったことからデビューをすることになった。わたしが歌うことになったのは、上手かったからではなく、ただ家が近かったからだった」。

※4　「ハミングアーバンステレオ」唯一のメンバー。ボーカルはすべて客員。

歌を聴きながら「これ、うちの子だな？」と聞いてくる。ある時は、ジェイラビットの歌を聴いて「お、娘の歌だ！」とも。容易なことではなさそうだ。

厨房から包丁で何かを切る音が聞こえてきた。新鮮な野菜を切る音だった。ネギかな？　玉ネギかもしれない。サク、サク、サク。胸が躍るほど良い音だった。

トッポッキが出てきた。餅の形と色、その上にまぶされた粉唐辛子、サクサクという音の主人公であるネギと玉ネギが目に飛び込んできて、「これはおいしいトッポッキだ」と確信した。

正しかった。わたしの好きな小麦餅（ミルトック）※5、ヤンニョムに漬かり過ぎず、新鮮さが残ったままのネギと玉ネギ、わたしが1人前の基準としている15個以上という餅の数など、すべてが完璧だった。しかも、小さなおにぎりが二つ付いてきたのだが、これもまた絶品だった。まさに完璧な食事だ。

わたしは深く感動し、ネギ一つ、玉ネギ一つ残さず、きれいに平らげた。店に入る前、心の中で「カフェ」の文字を見なかったことにしたのをお詫びしよ

※5　トッポッキの餅には、小麦でできた小麦餅と米でできた米餅がある。小麦餅は長く煮込んでも膨れにくく、屋台や昔ながらの軽食屋でよく使われる。米餅は長く煮る調理には不向きだが、コシや粘り、風味を楽しめる。

うと、アイスアメリカンを追加注文した。コーヒーを受け取り、「必ずまた来ます」という熱い思いを込めて一礼した。

滞在中の家までバスで帰りたかったが、今やテイクアウトの飲み物を持っていてはバスに乗れない時代[※6]。飲み終わるまでぶらぶらすることにした。

このあたりに行っておくべき場所はないだろうか。入り口の前で方向転換した白沙室渓谷の奥まで行ってみようか。あれこれ考えながら歩道橋の欄干にもたれ、グーグルマップで周辺の地図を見た。すると近くに「少林寺」というお寺を発見し、飲んでいたコーヒーを噴き出した。カンフーの故郷の少林寺が、弘智洞（ホンジドン）にあったとは。

少林寺に向かって歩き始めた。車道に沿って歩いていると、どこからかライラックの香りが漂ってくる。すぐに足を止め、あたりを見回した。

花木の香りをかぐのは簡単なことではない。花木というのは近付いたからといって強い香りを放ってくれるものではない。すぐそばを通っても何も匂わ

※6　2018年より、ソウル市は条例により市内バスへの一部飲食物の持ち込みを禁止。フタがされておらず、軽い衝撃で中身がこぼれる恐れのあるものや、包装のされていない飲食物が対象で、持ち込もうとした場合、運転手は乗車を拒否できる。

ない時もあるし、遠くにいるのに香ってくる時もある。すべては木のコンディションと、その日の風と気温、そして何より、その瞬間に自分の呼吸がぴったり合うかどうかに左右される。道端で花木の香りをかげるなんて、ラッキーなことだとわたしは思う。

いくらきょろきょろと見回しても、ライラックの木は見当たらなかった。それでも、どこかにあるから香りが届いてくるのだ。香りはすぐ消えてしまった。くんくんと探しながら、歩を進めた。すぐに小さな看板が見えた。少林寺。右へ行けば少林寺がある。

坂を上がると石段が現れた。一段一段、アリの集団に注意しながら歩いた。威風堂々とした名前とは違い、素朴で小さな寺だった。寺についての簡単な説明書きによると、朝鮮王朝の太祖が即位する前にこの地の洞窟で祈りを捧げ、その願いが叶うとここに寺を建てさせ「少林窟（ソリムグル）」と命名した。それが後の「少林寺」になったのだという。達磨（だるま）大師が9年間の坐禅を行った中国の嵩山（すうざん）少林寺から名前をとって少林窟と名付けたというから、中国の少林寺と関係がなくはなかった。

中には人が何人かいた。その人たちもまた、忙しそうだった。世の中どこへ行ってもみんな忙しい！わたしが現れると一斉にこちらをさっと見て、また一斉に元の方向へと向き直った。わたしは手を後ろに組み、あちこち覗いて回った。大雄殿にちらりと目をやり、七重の石塔を見上げ、隅に咲いていた花々を見回し、薬師殿にもこっそりと頭を突っ込んでみた。太祖が祈り、大きな志を成し遂げたという立派でご利益のある場所なのに、一向に祈りたい気持ちにはならなかった。

むしろ、祈りたい場所は別にあった。そこは、寺の裏手にある狭い階段を上って見つけた。内側が削られた大きな岩があり、中に腕よりも小さな仏像が1体立っていた。仏像の足元には誰かが祈った形跡があった。数枚の小銭と果物。

わたしもここで祈りたい。昨日の夜、できなかった祈りを。夢の中でペク・キニョもシン・ジュンテクもシン・スヒョンも助けてくれず、結局ぼろぼろになってしまったわたしの手、その両手を合わせて

「助けてください」とお願いしたい。

結局、そこでも祈れなかった。振り返ると、ひっそりとした午後の弘智洞が広がっていた。白沙室渓谷も、今見えているどこかにあるのだろうか。次回はそこに行ってみよう。

かわいらしい仏像を背に、その場を去った。涙が少しずつ溜まってきて、寺の出入り口まで来た頃には目から溢れそうだった。相変わらず階段にはアリが群がっていた。踏まないように、慌てて涙を拭いた。

長く長く生きていて

幼い頃は、トッポッキであればどんなに味がイマイチだろうが、餅が膨れていようがひとまず「おいしい」と感じていたシン・スジンにも、大人になり、母親のように*ついにトッポッキ屋でクレームを言う日がやってきた。ソウル・弘大(ホンデ)にある店での出来事だった。繁華街にあり夜遅くまで賑わうその店には、よく友人らと連れ立ってトッポッキを食べに行っていた。

*「団らんの喜び」P.018参照

そのトッポッキ屋の最大の特徴はスタッフの呼び方だった。「すいません」「あの……」といった当たり前な呼び方はその店では通用しない。「パク君」。そう呼ぶのが規則だった。部下を呼ぶみたいに面と向かって「パク君」なんて呼ぶのは簡単ではない。*

*慣れている人もいるだろう。

その店では何を注文するか決めた後もなお、「パク君」が言えずにやきもきする人が少なくなかった。わたしも冷や汗をかきながら「パ、パ、パク君、注文お願いします……」とぎこちなく言ったものだ。とはいえ、これはこれで結構面白い。「パク君」と呼ぶ面白さというより、みんながあたふたする姿を見物するのが、だけれど。

久しぶりに友人たちとその店を訪れた。いつも客で溢れていた「パク君の店」には、しばらく来ないうちに心なしか余裕が生まれていた。

店内には先客が1組いて、わたしたちはその横のテーブルについた。みんなは「何を食べようか」とメニューに見入り、わたしは「パク君」と呼ぶための心の準備をしていた。その時、横のテーブルで誰かがこう声をかけた。

「すみません、ウェットティッシュ一つください」

すかさず、パク君（スタッフ）の冷たい返事が戻ってくる。

「お客様、『すみません』じゃなくて『パク君』でお願いします」

「あ……（「パク君！」のために心の準備をするわずかな静

寂）。あの、パク君、ウェットティッシュください」
　パク君が即答した。
「当店にはウェットティッシュはございません」
　友人たちはそのやりとりにプッと吹き出し、わたしはため息をついた。そっと振り返ると、客は明らかにバツの悪い表情をしつつも、笑っていた。わたしならムカついて笑ってなんかいられない。そしてその後、本当にイライラすることになった。トッポッキが驚くほどまずかったからだ。
「『パク君』って呼ぶのはちょっとキツいけど、味はいいよ」と、あたかも通い慣れているような口ぶりで連れてきたのに、どうしたものか。友人たちの表情も複雑だった。
「まったく……普段はおいしいんだけど……今日に限って変だな」
　気まずくて、ふと気づくとわたしも隣のテーブルの女性と同じように笑っていた。壁を見ると「パク君の店クレーム受付！」と書かれた紙が目に入った。どんな不満でも24時間メッセージを受け付けているとのこと。わたしはその携帯電話の番号をメモして、大げさに息巻いた。

「だめだ、わたしが一言言わなきゃ！」

友人たちは笑っていた。

その日の深夜0時を過ぎた頃、わたしは悩んだ末に、本当にメッセージを送った。以下がその全文だ。

こんにちは。久しぶりに「パク君の店」を訪れたところ、呆れるほどまずかったのでご報告します。以前は決してそんなことはなかったのですが、今日は本当に、しょっぱい云々ではなく、何も感じない味でした。その上、一緒に頼んだ天ぷらも問題だらけでした。どこで買ってきたものなのか知りませんが、キムマリ[※1]の中の春雨はパサパサでしたし、異常にぶ厚いサツマイモ天ぷらのサツマイモ部分はたった2ミリでした。あの程度のクオリティのトッポッキに1万7000ウォンはあまりにも惜しいです。もっと使命感を持ち、味に気を配るべきです。客に必ず「パク君」と呼ばせることばかりに集中しないでください。

※1　サツマイモのでんぷんで作られた韓国の春雨（タンミョン）を甘辛く炒めて、海苔で巻いて揚げたもの。トッポッキのお供としてよく食べられる。

助詞一つ変えず、正確に記した。このメッセージをスクリーンショットして、今も記念に残している。

それまで、食べ物に関してクレームを言ったことなどなかった。髪の毛が入っていても取って食べたし、注文と違うメニューが運ばれてきても食べたし、会計を間違えられて少し多めに払っても、額が少なければ見逃してきた。あまりにまずくても、サービスが良くなくても、もう来なければいいと思って黙っていた。* そんなわたしの初めてのクレームだったので、メッセージには怒りと勇気だけでなく、記念にとっておいて大切に慈しみたいという思いも少しばかりこもっていた。

* 食べ物に対するわたしのそういった姿勢は、性格がさっぱりしているからではない。何に対しても面倒くさがりなのだ。

返信が来た。

指摘した問題点について、一つひとつ改善していくという決意のメッセージだった。読みながら申し訳なくなってきた。あの時わたし一人だったら、いつものように「まずかったけど、たくさん食べたし」と思ってそっと店を出ただろうに。友人を前にして少し張り切りすぎたのかもしれない。本当に改善されたかどうかを確認するため、そしてこの申し訳ない気持ちを挽回するため、改めて店に足を運ぼうと決めた。

ところがしばらくして、「パク君の店」はなくなった。わたしが再訪する間もなく消えたのだ。生まれて初めてのクレームが、その店自体すっかりなくなってしまうという流れに繋がったことへの衝撃は大きかった。もちろん、わたしのメッセージに傷ついたから店を閉めたわけではないはずだが。

しかし、受けた衝撃はかすかながらも執拗だった。わたしはその後、「パク君の店」よりも何倍もまずいトッポッキを幾度となく食べたけれど、一度たりとも不満を示す気になれなかった。

まずいトッポッキ屋だって存在していていいと思う。大概のことに言える話だ。何であろうが、大して立派でなくても、一度生まれたのならできる限り消えないでほしい。わたしはこの世に40年近く存在できていることに安心している。自分をすごく愛しているからだとか、自分がこの世で価値ある存在だと思っているからではない。若きペク・キニョとシン・ジュンテクが熱い夜を過ごした結果、わたしの意図ではないとはいえこの世に存在することになったのだから、せっかくなら長く生きていければいいなと思うのだ。

もちろん、そんなのは浪漫に酔った身勝手な考えだとはわかっている。「パク君の店」が消えたのは、やむなき事情があったのだろう。ただあれ以来、あの店があった場所を通るたび、心配する癖がついてしまった。あの時、深夜に送ったクレームが、「パク君の店」の存続について悩んで寝つけず、寝返りを打った瞬間に読まれていたとしたら。あるいは、酒を前にしてため息をついた瞬間だったら。はたまた乱れた心で地下駐車場に車を停めた瞬間だったら。もし、そんな辛く苦しい瞬間に読まれていたらどうしよう。いらぬ心配だとはわかっていながら、一度想像してしまったばっかりに、店があった場所を通るたびにそれが頭をよぎり、その都度ちょっとずつ苦しんだ。そんな折、ふと「パク君の店」のクレーム用電話番号のことを思い出した。消さずに残っていた番号に、久しぶりにメッセージを送ってみた。

こんにちは。
「パク君の店」の代表のご連絡先でお間違いないでしょうか。
随分前のことになってしまいましたが、弘大の「パク君の店トッポッキ」は完全に閉店してしまったのでしょうか。

返事は来ない。
約4ヵ月後、もう一度メッセージを送った。前回送った時に返信が来なかったので、もうこの番号は使われていないのだろうと思い、独り言みたいに書いた。以下がそのメッセージだ。

以前、この番号に「パク君の店トッポッキ」へのクレームを送ったことがありました。その後しばらくして店がなくなったことが、ずっと気がかりでした。どこかでトッポッキ屋をしているのか、完全になくなってしまったのか、もうわかりません。しかし、店がなくなればいいと思ってクレームを送ったわけではないという点はどうしてもお伝えしたかったのです。どこにいらっしゃっても、ご無事でありますように。

驚くことに、返信がきた。
誤字脱字もそのまま、以下に記しておく。

　お客さまこんにちは。もっと早く連絡を差し上げるべきでした。あの時、お客さまの貴重なご意見が心よりありがたく、忠告のお言葉を改善しようと心に決めましたが、物件のオーナーが新しい建物を増築することになり、廃業することになりました。現在**トッポキ**店は営んでおりませんが、いつかまたオープンすることになった日にはお客様に必ずご連絡し、招待いたします。時間が経ってしまいましたが、覚えていてくださりありがとうございます。

情報を待っている

中学生の時、ソウルの弥阿洞（ミアドン）から道峰洞（トボンドン）に引っ越した。転校はしなかった。約30分間、バスに揺られて登校した。

その頃の行きつけのトッポッキ屋はどれも通っていた学校の近くだったので、とにかく早くこの町のトッポッキ屋を開拓したかった。ちょうど、引っ越してきた家から徒歩3分の場所に中学校があり、その周辺を暇があるたびにうろついてみた。* 弥阿洞よりも活気に欠けていて、文房具屋は一つだけ、トッポッキを売る軽食屋は見当たらなかった。

* それほど近くに中学校があったのになぜ転校しなかったのかと今更ながら思う。わたしの通学時間は中学校からどんどん延びていった。高校は片道1時間半だったし（往復3時間）、大学は3時間だった（往復6時間）。しかも、今は済州[※1]とソウルを少なくとも2週間に一度は行き来していて、ほぼ半日を費やしている。本当に疑問だ。わざわざそんな生き方をしようと

※1　韓国南部にある国内最大の島。著者は、20代半ばに偶然写真集で見て気になりだして以来、毎年済州島を訪れ、2016年にはついに移住、本屋も移転した。今もなお慣れきったわけではなく、慎重になりながら暮らしているという。

しているわけでもないのに、なぜわたしは時間を湯水のごとく移動に費やす人間になってしまったのだろう？

その後しばらくして、ようやくトッポッキ屋を見つけた。夏の日の午後、なんとなく町をぶらついていて、運よく発見したのだ。看板はなく、「何とか粉食」といった表記もない。ただ正体不明の店があり、中ではプラスチックの椅子に座った子どもたちがトッポッキを食べていた。メニューはトッポッキのみ。叫びそうになるほど嬉しかったが、感情の起伏を表に出さないことでおなじみのわたし、シン・スジンは、こっそりと店に入って空いていた席に座った。そして「トッポッキ1人前？」というおばさんの声に、ただうなずいた。それ以来、道峰洞での生活の質は激変した。

どれほどの期間その店に通ったのか、今やもう思い出せない。店のことが脳裏に浮かぶたびに足を運んだ。真昼でも、日の沈む夕暮れ時でも、閉まっていたことは一度もなかった。そしてある日、その店は嘘のように姿を消した。
「姿を消した」という表現は、この場合あまりそぐわないかもしれない。看板でもなんでも、トッポッキ屋であることを示すものが、そもそも何もなかったから。ただ、いつ行っても開いていた店が閉まっていて、中には何もない。それだけだ。

涙をポロポロこぼしながら家に帰った。何も言わずに消えた店に、裏切られた気分だった。わたしがどれほど頻繁に通っていたのかを知りながら、おばさんはちっとも教えてくれなかった。中学生のシン・スジンには、到底受け入れることができなかった。行方が知りたい。引っ越したのか、商売をやめたのか、ただ休みをとってどこかへ行っただけなのか、急に体調を崩したのか。どんな些細な手がかりでもいいから、摑んですがりついていたかった。得られる情報は何一つない。店には名前も電話番号もなかったし、店の行方について相談する人さえいなかった。道峰洞に友人が一人もいなかったのだ。わたしはあの時、本当におかしくなりそうだった。*

＊互いに愛情を持って接しあう間柄だったのに、何らかの事情で、その関係を終わらせる決断をしなければならない時がある。そんな時、相手の気持ちを最大限かき乱して別れたければ、一切何も言わずに姿をくらますのが最も効果的だ。わたしはこの一件で、悲しくもそう学んだ。この方法を、恋愛でたった一度だけ使ったことがある。それについてはもし『とにかく、恋愛』を書く機会があれば、その時に話すことにする。

わたしの好物がトッポッキだと知っている人たちに、必ず聞かれることがある。今までに食べた最高のトッポッキはどれか、という質問だ。そしてわたしは、あの時味わったトッポッキの話をする。そこまで言わせる味って一体どんなものかと、詳しく聞きたがる人も多い。そのたびにあの味を描写しようと脳みその細部にまで力を込めてみるのだけど、今となっては……ほとんど思い出せない。思い出そうとすればするほど、記憶が曖昧になっていく気がした。入っていたのが春雨だったのか、チョルミョン[※2]だったのかも定かではない。ただ餅は小麦餅で、少し汁気があったため平らではなく若干くぼんだお椀型の

※2　小麦粉で作られ、冷麺よりも太くもちもちとした食感の麺。麺の上にたっぷりの野菜とコチュジャンソースをかけて混ぜて食べるのが一般的。

メラミン食器で出てきたということ、そして大量に作り置きして売るのではなく、注文のたびに作って売っていたということだけは覚えている。思い出すたびに悲しくなってくる。もう今後は食べられないという事実は受け入れている。それでも、記憶さえも少しずつ薄れていくのがあまりに悲しい。

両親は今も道峰洞に住んでいる。先日、実家に戻ったついでに、あのトッポッキ屋のあった場所に行ってみた。長い年月を経てもなお、学校周辺は相変わらず物寂しい。いや、むしろ当時よりもさびれたような気がした。少し道に迷った。この路地だったかな、次の路地かな。覚えていた場所には不動産屋があり、営業はしていなかった。ここで合っているだろうかと、そっと近寄ってガラスに額を当て、額に跡が残るくらい、しばらく立っていた。

この場を借りて、あのトッポッキ屋を知る人からの情報提供を呼びかけたい。ソウル・道峰洞の北ソウル中学校近くで、看板も掲げず子どもたちにトッポッキを振る舞っていた、あの店を知る人に会いたい。存在を知っているだけでもいいし、そこでトッポッキを食べたことがある人だとなお嬉しい。当時、子どもたちは店のことを何と呼んでいたのか。トッポッキに入っていたのはチョルミョンだったのか、春雨だったのか。知っている人に現れてほしい。

そんな人に出会えたら、きっと感情が込み上げて涙がどっと溢れてしまうと思う。そして、そんな自分が可笑しくて、プッと笑ってしまうだろう。わたしは「泣いていて笑い出す瞬間」がものすごく好きだ。* 起伏の激しさをからかわれてもいいから、わたしは情報をくれた人と泣いて笑いたい。そうすればお腹が空くはずだから、一緒においしいトッポッキを食べにいくのだ。情報提供を待っている。

＊一方で、「笑っていて泣き出す瞬間」はあまり好きではない。笑っていて泣き出す時というのは、たいていあまりにも悲しいか、あまりにも怒っている時だから。なぜ人は、激しい悲しみや怒りの前に、ほんの少し笑ってしまうのだろう。そういう場面での笑いでも、エンドルフィンなんかは出てくるのだろうか？

わたしは妹の話をする時、決まって最初は笑う。
その時の気持ちは、「そろそろ泣くけど許してね」だ。

カナダにも、ブラジルにも

原稿がなかなか進まないと、決まって「コペンハーゲントッポッキ」のことを考える。この本の契約をする時、チョ・ソジョン（ユゴー出版社代表）が何気なく口にしたその店の存在は、不思議と確かなやる気を与えてくれる。今日も思う。「コペンハーゲントッポッキ」は、一体なぜコペンハーゲンなのか？　もしかして、デンマーク産唐辛子を使っているとか？あるいはコペンハーゲンの名産品が使われている？これまでチョ・ソジョンが何度か訪れた際には、「コペンハーゲン的」なものはこれといって見つけられなかったというから、店内に大きなデンマーク国旗がかかっていないことは確かだ。

そんなことを考えていると、つられて思い出す「場違いな国の名前がついたトッポッキ屋」が二つある。

カナダおじさんの店

済州(チェジュ)で暮らし始める前、時間ができると一人で済州を訪れる時期が長く続いた。初めて一人で訪れた時に食べたのは、もちろんトッポッキ。「モダッチギ」が始まりだった。モダッチギは済州の方言で「あらゆるものを一皿に集めて出す」という意味だというけれど、それだけ聞くとまるで何かの技名みたいだ。まともに食らうとボコボコにやられてしまう、一撃必殺の大技のような。

モダッチギを注文すると、広い大きな皿の上に、トッポッキをはじめ、ゆで卵、餃子(マンドゥ)※1、天ぷら、チヂミ、キムパプなどが大技のように一度に出てくる。メニューは店によって少しずつ異なり、中には底にピビン麺〔混ぜ麺〕が敷かれている店もある。あちこちで食べてみて、わたしなりに定義した「モダッチギ」の核心は「主張しすぎない」だ。さまざまな食べ物が調和しなければならないので、個々の味つけが出しゃばらない。キムパプも平凡。汁の少ないトッ

※1　トッポッキとともに食される場合、揚げ餃子が多い。

ポッキも、人にたとえるなら、あれも良い、これも良いと言う純粋でおとなしいタイプの子といった感じ。チヂミや天ぷら、餃子も同様。単独だと味がやや物足りない。もちろん、わたしの故郷ソウルにも「キムトクスン」※2というよく似た料理があるが、食べれば違いがわかるはず。ソウルのキムトクスンは、モダッチギに比べるとスケールが小さく、具ごとの個性はとても強い。

正直なところ、「モダッチギ」はわたしの好みではない。一定限度以上にあれこれ混ぜた料理を食べると、それぞれの具の味がわからなくなる。非常に高性能な舌を持つ人なら、一つひとつの具固有の味を感じとれるのだろうけど、残念ながらわたしにはできない。モダッチギの他にも、具を入れすぎた太いキムパプ、こだわりすぎた雑穀ご飯、あれこれ包み過ぎの生春巻き、健康を過剰に意識したピビンパ、やたらとトッピングの多いかき氷やピザなんかを食べた時にも、何を食べているのかよくわからなくなる。

「カナダおじさんの店」の話をしようと済州の話を始

※2　軽食屋の代表メニューであるキムパプ、トッポッキ、スンデ(豚の腸詰め)の頭文字を合わせた呼び方。屋台でセットメニューとして掲げられていることも。

めたのに、話題が逸れてしまった。「カナダおじさんの店」は、モダッチギを食べる経験をしたあと、龍（ヨン）頭岩（ドゥアム）を見に行った時に見つけた店だ。一体どこが龍の頭なのかさっぱりわからずじまいでとぼとぼと歩いていると、大きな文字で「カナダおじさんの店」と書かれた看板があり、横に「トッポッキ」と書かれていた。トッポッキという字の上には中国人観光客のために漢字の表記もあった。

「こんにちは」と店に入ると、高齢のおじいさんが「はい」と返事をした。注文したトッポッキを食べて、店を出た。店の中、店の外、出されたトッポッキ。どこからも「カナダらしさ」を見出せなかった。ただ一点、おじいさんがトッポッキと一緒に大盛りのキムチをくれたことだけが印象的だった。あまりに多かったので、トッポッキをキムチで巻いて食べた。「カナダおじさんの店」は、今はもうない。

ブラジルトッポッキ

「ブラジルトッポッキ」という店があると、どこかで耳にした。トッポッキ屋がなぜ「ブラジル」なのか、とても気になり検索してみると、ドラマ『応答せよ1988』に出てきたトッポッキ屋の名前だということがわかった。実際の店名は「小僧粉食」で、忠清道の瑞山にあることも同時に知った。

「瑞山ならソウルからすぐだ」と、イ・ジョンス（彼氏）が言った。当時イ・ジョンスは運動で膝を痛めて辛そうにしていたのに、店の名前がかわいいから行ってみようとわたしを説得した。運転も問題ないなどと言って、威勢がよかった。

店に到着した。長い歳月の流れがそっくりそのまま刻まれた、古く情感溢れる外観。ただ、「ブラジルトッポッキ」という名でテレビに出たことをアピールする今風のステッカーが入り口に貼られていた。緑地に黄色い文字のステッカーは、かなり「ブラジル的」だった。順番待ちになるかもしれないと心の準備をしていたが、店は閑散としていてすぐに座ることができた。

しかし、席についてしばらく観察してみたところ、閑散としているというわけでもなかった。見事なサイクルで店が回っている。入ってくる客と出ていく客のリズムが完璧で、客が途切れることなく、かつ誰も順番を待つこともなく、つねに余裕を保ち続けていた。静かな店内に流れるこのリズムが、実に快適だった。店の中でも、ブラジル的なステッカーや垂れ幕があちこちに目に付いた。壁にはあれこれ料理名が書かれた古いメニュー板がかかってはいたが、この店で注文できるのはモドゥムトッポッキ〔トッポッキ盛り合わせ〕だけだった。わたしたちは静かに2人前が運ばれてくるのを待った。モダッチギの大サイズほどある広い皿に少量のもやしが敷かれている。その上にインスタントラーメンとチョルミョン、練り物が入ったトッポッキ、餃子、ゆで卵二つが載り、上にはありがたく黒ゴマがふりかけられていた。

そうなると、これはモダッチギではないのかと思うかもしれないが、そうではない。理念が違う。あれこれ混ざっているのは同じでも、モダッチギの理念が「無秩序」だとすれば、「ブラジルトッポッキ」のモドゥムトッポッキには「秩序」がある。

わたしとイ・ジョンスは、空腹の勢いにまかせて「秩序」という理念をすっかり平らげた。そしてすぐにソウルに戻った。本当は、すぐ近くに海美邑城（ヘミウプソン）という立派な城郭があったのだけど、天気が悪い上に、イ・ジョンスの足の調子では歩き回るのが難しかったので、またの機会にした。

3年後、わたしたちはあの地を再び訪れた。仕事で群山（クンサン）に行く予定があり、やっぱり今回も「瑞山なら群山からすぐだ」とイ・ジョンス。前回行けなかった海美邑城にも足を運ぼうと、余裕を持たせて日程を組んだ。

「ブラジルトッポッキ」に着くと、やはり前回同様、暇だけど暇ではない見事なサイクルが繰り広げられていた。待つことなく席に着き、再び「秩序」という理念が込められたモドゥムトッポッキをガツガツと食べた。満足して店を後にし、それぞれフィルムカメラを手にすると、わたしたちは海美邑城へとゆっくり歩き始めた。すると城郭の前で、行列のできた店が目に飛び込んできた。何の店だろう？　行列の前の方に近付き、店の中を覗き込んだ。トッポッキだ。

「食べる？」と、イ・ジョンス（さっきブラジルモドゥムトッポッキを食べた彼氏）が聞いた。

「もうお腹パンパンだけど」

「それじゃあ、次に来たらここで食べようか。ソウルからもすぐだし」

イ・ジョンスが答え、わたしは長い列を見つめながら、しばらく立っていた。

列に並んで何かを食べるのは好きではない。列に並ばなくても食べられるおいしいものは、世の中にはいくらでもあると思っている。それでもわたしは行列から目が離せなかった。この行列の先にあるのが、他でもないトッポッキだからだ。* わたしはイ・ジョンスに、城郭を歩き回って頑張って消化させようと気合十分に言った。

＊そういえば、2年前に「ソウル国際図書展」に参加した時にも、コエックス〔ソウルにある複合施設〕で1時間ほど並び、夕食を食べたことがあった。もちろんトッポッキだ。

海美邑城は思った以上に広大だった。冬で人が少ないからか、城郭の向こうには想像よりずっと広くて、荒涼とした空間が広がっていた。

ひとまずまっすぐのびる道に沿って歩き、不揃いに並ぶ朝鮮時代の民俗家屋が見える方へと進路を変えた。家屋の前に集まった中年の女性たちが、大げさに感嘆の声を上げていた。何事かと思い近付くと、真っ黒で風貌の良い鶏が、自分の家の居間にいるみたいに藁屋根の上をうろついていた。

湿った土の上を歩いて家屋の中に入り、あちこち見てまわった。部屋の中に首を突っ込み、中のにおいを嗅ぐのも忘れなかった。こういった造りの家屋は、決まって昔のにおいがする。

城の入り口でちらっと読んだ案内によると、この地にはカトリックへの迫害の歴史があるといい、隣には獄舎もあった。ある集団が、杖刑の体験用に置かれた刑具の前で、ふざけて刑を受ける真似をしていた。忙しそうに写真を撮るイ・ジョンスを横目に見ながらすばやく検索すると、朝鮮王朝後期のカトリック弾圧により、ここで犠牲になった人々は1000人を超えるとあった。杖刑は決して軽い刑ではないという話を急に思い出した。殴られて骨が飛び出たり、一生歩けなくなったりすることもあると聞いたことがある。もちろん、命も失うことも。

その話を思い出したことを、少し後悔した。急いで検索サイトを閉じた。捕吏、官職についた人たち、罪人、一般市民の模型もあり、当時の生活を再現していた。幸いにも、どれも完成度が中途半端だった。あまりにリアルだともっと悲しくなっていたはずだ。家や人形の出来がどう見ても粗悪だったおかげで、悲しみにくれずに済んだ。もしかすると、あえて中途半端で野暮ったい雰囲気を残して作られたのかもしれない。訪れた人々が、深く悲しみすぎないように。

イ・ジョンスとわたしは最後まで歩き続けた。低い丘が現れ、松の木が茂った小さな林道に行き着いた。曲がりくねった木の幹が奇妙だけど美しくて、しばらく見つめていた。軍事の中心地だったからか大砲の展示や弓射体験場もあったけれど、写真を撮るだけにとどめた。そのかわり、凧を揚げた。広々とした野原に出ると、たくさんの人が凧を揚げていた。子どもが確かな手さばきで糸を扱うのを眺めていたら、同じ子を見ていたイ・ジョンスが「その調子だ、うまいな。ああすれば凧が落ちない」と、知ったような口調で言った。

「イ・ジョンスも凧揚げできるの？」

「小さい頃は結構やったよ」

「じゃあやってみてよ」

わたしたちは黄色いビニール製の凧を買った。「いくぞ！」と走り出したイ・ジョンスは、凧揚げが恐ろしく下手だった。どれくらい下手だったかというと、見かねたおじさんが寄ってきて、手伝ってくれたほどだ。わたしは凧を売る店の横の椅子に座った。ひんやりとした冬の風にあたりながら、あっちこっちへしきりにもがくイ・ジョンスと、彼を手伝う名前も知らないおじさんを目で追った。それも長くやっていると疲れてくる。

「もう行こう」

わたしが言うと、イ・ジョンスは「また今度凧揚げしようっと」と、凧と糸を丁寧に片付けた。「捨てちゃおうよ、もうやらないでしょ」と言ったが、「やる！」との答えが返ってきた。

ずいぶん長い間歩いてから城を出たが、さっきの店には相変わらず長い行列ができていた。少しは胃の中が消化できた気がする。

行列の最後尾に並んだ。並んでみると、非常に回転の速い列だということがわかった。わたしたちは30分も経たないうちに列の前方までやってきた。店に近付くにつれ、多くの事実がわかってきた。この店の名前は「邑城粉食（ウプソンプンシク）」。客は全員テイクアウト。メニューはトッポッキとイカの天ぷら、キムマリ〔海苔巻き〕の天ぷら、そしてオデンのみ。ただ、ほとんどの人が「トッポッキ1人前にイカの天ぷら1人前または2人前」の組み合わせを注文する。店主が一人で途切れることなく天ぷらを揚げ、トッポッキを次々と作り、ほぼ出来立てで提供する。すべてのメニューが破格。そして、トッポッキ1人前の量がさっき食べたブラジルモドゥムトッポッキ級で、尋常ではない。心配になったわたしはイ・ジョンスに聞いた。

「量が多すぎて絶対残しちゃうよ、どうしよう」

「少なめにしてくださいって言えばいいんじゃないの」

だが、それは容易なお願いではなさそうだった。店主は天ぷらを揚げていたかと思えばまたトッポッキを作るというのを繰り返しながら、休みなく動き続けていた。おそらくトッポッキと天ぷらを一人で同時に作るため、実に長い時間をかけて体得した最適な動線に違いない。もはやパフォーマンスに近かった。

パフォーマンスの邪魔はできない。どの客も注文は慎重だった。簡潔に注文を終えると黙りこみ、店主の動きをおとなしく見つめ、現金を支払い、ビニール袋に入ったトッポッキと天ぷらを受け取ると、速やかにその場を去るのだ。

わたしの番がやってきた。

「トッポッキ1人前とイカの天ぷら1人前を注文したいんですが、わたしたち全部は食べきれそうになくて……。あの、トッポッキなんですけど、通常の量じゃなくて、少なめにしてくださると……」

話が長くなりすぎていることに気づいた瞬間、案の定パフォーマンスが突然止まった。巨大な機械が作動停止したように、あたりは一瞬静まり返った。後ろに続く長蛇の列が、みんなわたしに注目するのを敏感な後頭部が感じとった。

店主はため息をつき、こう言った。

「わたしが死ななきゃならないよ」

衝撃的な返答に、わたしは気絶しそうになった。

「え？」

店主は続けた。

「もしわたしが死んだら、全部お客さんのせいだよ」

「はい？？？」

トッポッキと天ぷらを受け取りはしたものの、涙が出そうだった。わたしは一体どれほど重大な過ちを犯してしまったのだろう。群山への道すがら、わたしたちは車の中でトッポッキと天ぷらを食べた。

イ・ジョンスがわたしの様子を窺いながら言った。
「おいしい……よね……？」
わたしは衝撃と恐怖から立ち直れないまま、しかしあまりにもおいしいという感覚も持ちつつ、黙々とイカの天ぷらとトッポッキを口に押し込み続けた。

しばらくして、偶然YouTubeで古い動画を見た。チェ・ヤンラク（コメディアン）とナム・ヒソク（コメディアン）の「レジェンド忠清道ギャグ」だ。
値切り交渉の場面だった。タレントの一人が買い物客役として言った。
「すみません、これ少し安くしてもらえませんか？」
忠清道の商人を演じるチェ・ヤンラクはこう言った。
「放っておいてくれ。それは牛にでもやるよ」
忠清南道（チュンチョンナムド）瑞山市の「邑城粉食」店主が言ったあの言葉を、やっと理解できた。[※3]

※3　忠清道の人々は物事をはっきりと言うのを避け、遠回しに表現したり、ゆっくり話したりする気質があるとされている。この台詞は、「あんたに安く売るくらいなら牛にあげた方がましだ」という意味。

カナダにも、ブラジルにも

ブラジルトッポッキ

ニンジンも、玉ネギも、トマトも、キノコも

2018年12月、わたしはベジタリアン[※1]になった。

初めの約1ヵ月間は「ヴィーガン」として過ごした。牛肉、豚肉、鶏肉などあらゆる肉類だけでなく、海産物、乳製品、はちみつも口にするのをやめた。約1ヵ月間の短いヴィーガン体験を通して感じたことがある。韓国でバランスの良い食事をしながら健康的なヴィーガンベジタリアンとして生きるには、少なくとも二つの重要な条件を満たさなければいけない。一、非常に真面目な性格でなければならない。二、自ら料理して食べる習慣が整っていなくてはならない。

自分で料理をする生活が保障されていない上、特にまめでもないわたしがヴィーガンとして暮らすのは困難を極めた。特に、外食しつつ継続するのが難しかった。団体での食事はさりげなく回避し、コンビニで買った豆乳とナッツ、バナナでなんとかお腹

※1 「ベジタリアン」、「ヴィーガン」、「ヴィーガンベジタリアン」などの分類については、著者による原書表記をそのまま採用している。

を満たすも、帰宅後我慢できずに暴食。そんな不健康なヴィーガン生活を経た後、わたしは自分の生存、そしてそれまで築いてきた社会性を守るため、妥協して「ペスコベジタリアン」※2へと戻った。そして2019年10月現在、わたしは相変わらずペスコベジタリアンとして順調に暮らしている——と言えるだろうか？　本当のところ、よくわからない。

ベジタリアンを分類したいくつかのステージのうち、わたしはどこに属するのだろう。家ではヴィーガンに近い厳しめのベジタリアンだし、外で食事をする時はペスコベジタリアン。複数人での食事の席で食べられるものがない時は、仕方なく肉を食べることもある。ベジタリアン宣言をする前の「フレキシタリアン」※3だった時期となんら変わりないのではないかと、恥ずかしくなる時がある。*

＊当初は厳しく肉を食べないと宣言して一緒に食事をする人々に苦労をかけていたが、次第に周りがわたしのせいで不便な思いをすることに耐えられなくなっていった。

しかも、わたしの菜食生活にはもう一つ、少し複

※2　肉は食さないが、魚介類を食するベジタリアン。乳製品や卵を摂取する場合もある。

※3　「フレキシブル」と「ベジタリアン」の混成語。動物性食品の摂取を厳格には制限しないものの、環境や健康のためになるべく減らすという考え方。

雑な問題がある。わたしはベジタリアンでいることがとても辛いのだ。

わたしにはベジタリアンの友人が何人かいる。それぞれ立派にベジタリアンライフを送り、自身の生活の満足度もかなり高そうだ。イ・スラ（作家）は母親とともにヴィーガンベジタリアンになり、母親が作る新鮮でおいしいヴィーガン食を毎食思う存分食べられるという。「正直、わたしってかなり運のいいヴィーガンだと思う」とイ・スラは言う。ポッドキャストメンバーのヤン・ダソルもまた、ヴィーガンベジタリアンだ。自他共に認めるまめな性格な上、かなり積極的に料理もこなすので、多様なヴィーガン食を手際よく作っているに違いない。自身のアイデンティティもためらいなく明かす。ポッドキャストのスタッフと一緒に食事をする時、消極的ベジタリアンのわたしが周りの人たちに流されながら、これならアリかなという範囲の中で最善のメニューを注文していると、ヤン・ダソルはどこかで買ってきたサラダをごそごそと広げ、堂々とヤギのように一生懸命野菜をほおばっているのだ。

わたしがかなりバランスの悪い食生活を送るベジタリアンだと知ったヤン・ダソルが、ある日突然お弁当を作ってくれたことがあった。あの夏の夜のことは忘れられない。運動して家に帰り、シャワーを浴びて、作ってもらった保温弁当箱を開けた。中には正体不明の葉もので作った香ばしいチヂミ、自家製の味付け醤油だれ、肉なしのワカメスープが入っていた。ヤン・ダソルは毎日こんな料理を自分で作って食べているんだ。イ・スラは毎日お母さんがこんな料理を用意してくれるんだろうな。ありがたいし、心強く感じながらも、ヤン・ダソル（まめなベジタリアン）とイ・スラ（愉快なベジタリアン）に妙な嫉妬を覚える夕食だった。どうしてわたしは彼女たちのように穏やかなベジタリアンになれないのだろう。

わたしは肉が食べたくて苦しむベジタリアンだ。毎日肉のことを思う。豚肉も、牛肉も、鶏肉も、家鴨（あひる）肉も、羊の肉も食べたい。スンデクッ〔豚の腸詰めスープ〕、ヘジャンクッ〔酔い覚ましスープ〕、あらゆる肉の入ったスープを飲み干したい。魚も牛乳も卵もヨーグルトも、心ゆくまで思いっきり食べたい。

しかし、わたしは知ってしまったのだ。生涯子どもを産むことだけを繰り返しながら、肝心の子どもたちとの触れ合いの時間はひと時も与えられない母ブタが、体を動かすことさえできない檻の中に閉じ込められたまま用を足し、その上で眠るということを。子ブタたちは早く良い食肉になるためだけに去勢され、歯も抜かれ、尻尾も切られるということを。鶏たちもまた、くちばしを切られた状態で、鉄格子の中で生きていくということを。自然の状態では、年間30個ほどの卵を産む鶏たちが、強制的に年間300個もの卵を産まされるということを。孵化(ふか)したヒヨコのうち、雄は卵を産めず商品価値がないという理由で、生まれてすぐに分別されて死ぬということを。生き残ったヒヨコたちは成長促進剤を投与され、顔はヒヨコのまま、鶏のように大きな体になることを。牛が、牛乳のテレビＣＭのように草原の上で悠々自適に過ごして育つことは決してないということを。ただひたすら、牛乳や肉を生産するためのモノとして存在し、残酷な環境で飼育され、無惨に殺されるということを。*

＊動物たちに対する残忍な行為の他にも、現在の工場での畜産システムは地球環境を総体的に破壊している。ここに書いたのは、その破壊行為のほんの一部だ。本書と同じシリーズに、この点について詳しく書かれた『とにかく、ヴィーガン』〔未邦訳〕があるので、紹介しておく。

結局は食肉処理され、人間に食べられる運命だからといって、そんな残忍で非倫理的な行為が正当化されるはずがない。いくら肉が好きでも、わたしが食べる肉がどんな過程を経ているのかを知った以上、以前のように喜んで食べることは到底できない。わたしは罪悪感のない肉食を望んでいる。そのためにベジタリアンになることを選択し、毎日くよくよと文句を垂れるのだ。

わたしの本屋でしばらくアルバイトをし、今は近所に住む友人となったウォン・ソンヒは、長い間ペスコベジタリアンとして暮らしている。ある日、ウォン・ソンヒにカムジャタン〔豚の背骨とジャガイモの鍋〕を食べたいとせがんだことがあった。数日後、ウォン・ソンヒはわたしを自宅に招待し、肉なしのカムジャタンを振る舞ってくれた。* ほのかなエゴマの香りが口の中に広がった瞬間、どれほど幸せで嬉しかったか。午前11時だということも忘れて、ウォン・ソンヒの家にあった飲みかけのワインに手を伸ばした。結局、わたしたちは真っ昼間からほろ酔いになってしまった。

＊肉なしでもカムジャタンの味になるレシピを知りたい人たちがきっといるはずなので、ウォン・ソンヒがかなりざっくりと教えてくれたレシピをそのまま書いておく。材料は大根、ニンジン、カボチャ、ジャガイモ、しいたけの他、キノコ各種、緑豆モヤシ、エゴマの葉、中華食材の店で売っている麻辣ソース、粉唐辛子、薄口醤油、「ヨンドゥ」〔大豆を発酵させた調味料の商品名〕、すりエゴマ、ニンニク、ショウガ、（好みで）春白菜（ポムトン）、白菜、キャベツ。作り方は以下の通り。①大根、ジャガイモ、ニンジン、キノコを水からグツグツ煮る。②麻辣ソース、粉唐辛子、薄口醤油を入れ、再びグツグツ煮る。③味を見ながら、残りの材料をそっと入れる。

ベジタリアンとして制限付きの食生活を送りなが

ら、時には食べられなくなったものを欲することもある。それでも、食事全体の幅はむしろとても広がったように思う。深刻な野菜不足だった生活からベジタリアンになり、肉のおかずの代わりに野菜のおかずを毎食無理やり食べることで、野菜の味も一つひとつ覚えた。今はニンジンも、ネギも、玉ネギも、韓国カボチャ(エホバク)も、ナスも、エゴマの葉も、レンコンも、ピーマンも、アスパラも、どれもおいしく食べている。肉の入っていない料理は絶対に物足りないだろうと思っていたけれど、その誤解もすっかりなくなった。卵とバターが入っていなくても、十分おいしいパンがある。肉入りに優(まさ)る、肉なしのおいしいキムチ餃子もある。ユッケジャンよりも深みのある菜(チェ)ゲジャンもある。もちろんトッポッキだって、いくらでもヴィーガンで楽しむことができる。

　トッポッキもヴィーガンに近い形で食べられることを「菜食の一食」というアプリを通じて知った。「菜食の一食」は、近隣のベジタリアンレストランを探すアプリで、知らない町で食事をする時によく使った。ある日、朝からトッポッキを食べたい気分だったので、退屈しのぎにベッドで横になったままアプリを開いた。期待はせずに「トッポッキ」と入力すると、2件ヒットした。「カウトッポッキ」と「チョンゴルトッポッキ徳味家（トンミガ）」。2軒とも梨花（イファ）女子大の近くにあった。まず「徳味家」に行くことにした。ちょうど、いつかおいしいものをご馳走しようと心に決めていたミュージシャンのオ・ソヨンのことを思い出し、メッセージを送った。

「姉さん、今からヴィーガンのトッポッキを食べに行くんだけど、行きます？　行きます？」

　オ・ソヨンはちょうど起きたばかりとのことだったので、残念ながら別の機会にすることにした。

「徳味家」は地下にあり、広々としていた。鮮やかなオレンジ色の壁はメッセージが書かれた付箋で埋め尽くされ、妙に食欲を刺激した。中国人観光客にも人気があるのか、漢字で書かれたものも多く、ヴィーガンベジタリアンが書いたようなメッセージも目についた。

　数あるメニューのうち、トマトトッポッキとキノコ野菜トッポッキの横に、緑色のフォントで「vegan」と表示されていた。キノコ野菜トッポッキを1人前注文すると、ヴィーガンにするかどうかを慣れた様子で問われた。ヴィーガンバージョンだとどうなるのか尋ねると、チーズ、ゆで卵、オデン、乾麺は入れず、代わりに野菜をはじめとした他の具を多めに入れるとの答えが返ってきた。

即席トッポッキは、残りの汁にご飯を入れて作るシメの炒めご飯まで食べて完成するのだと、高校時代に「モッシドンナ」* で学んだ。しかし、満腹のあまり、即席トッポッキを食す者の義務は果たせなかった。

* ソウル・鍾路区(チョンノグ)北村(プクチョン)の小さな店からスタートし、長く人々に愛され、現在は首都圏を中心にチェーン店として拡大するほど成長したトッポッキ屋。1990年代に鍾路区の高校に通ったわたしは、「モッシドンナ」が有名になる前からの元祖顧客だった。

1ヵ月後、もう一度オ・ソヨンにメッセージを送ってみた。前回は急な誘いだったので、前の日に連絡した。

「姉さん、明日は予定あります？　この前食べられなかったトッポッキを食べよう！」

幸いにもオ・ソヨンの許諾を得た。ミュージシャン仲間のパク・ナビも一緒に行くことになった。

再訪した「徳味家」で、前回は一人でキノコ野菜トッポッキを食べたことを強調し、自然にトマトトッポッキを注文するよう誘導した。チンゲンサイの豊かな緑色が印象的だったキノコ野菜トッポッキに対して、トマトトッポッキのトマトスライスの赤さは一瞬で目を奪われるほどだった。人間には目に入ったものの名前を思わず声に出して呼んでしまう習性がある。人々が「うわあ、海だ」「うわあ、雪だ」と言うように、トッポッキが出て来た瞬間、わたしたちは同時に叫んだ。

「うわあ、トマトだ」

トマトトッポッキはキノコ野菜トッポッキよりずっとおいしかった。なぜだろう。トマト特有のコクがトッポッキをよりおいしくしたのだろうか。わたしは、一人ではなく三人で食べたのもおいしさの理由ではないかと思っている。オ・ソヨンが「トマトと餅を一緒に食べてみて。かなりおいしいから」と教えてくれたから。パク・ナビが「コロコロした餅がすごくモチモチのネチネチで、とってもおいしい」と擬態語を連発していたから。大きくて辛い唐辛子がどことなくハラペーニョに見えたので、確かめようとわたしが一つずつ口にするたび、妙技を披露するサーカス団員を見るみたいに二人が「おおお」と叫んだから。そして、いっぱいになったお腹を抱えつつ、ついにシメの炒めご飯まで平らげ、任務を最後まで全うしたから。だからあんなにトッポッキがおいしかったのだ。

周りに座っていたお客さんたちもヴィーガンメニューを注文していた。わたしたちのように明確なヴィーガン向けメニューを頼む人もいれば、「チーズを少しだけかけてください」と注文する人もいた。ヴィーガン向けのメニューを提供する飲食店がもっと増えるよう願っている。ヴィーガン対応の店を苦労して探さなくても、どんな店に入っても肉入りと肉なしのメニューがたくさん仲良く並んでいてほしい。肉がなくても満足できる食事が、もっと簡単にできるようになってほしい。人にも動物にも、地球にも良いはずだ。

炒めご飯まで平らげ、会計をしながら店員に「トッポッキにはハラペーニョも入っているのか」と聞いてみた。あれは普通の唐辛子だと説明した店員が、わたしをじっと見つめて言った。

「ところでお客さん、ヨジョさんにそっくり」

ヤングスナックトッポッキの味の神秘

「友情」なるものについて話すなら、あの子の名を出さないわけにはいかない。彼女の名前はキム・サンヒ（友人）。小学5年生の時に出会った。学校の裏の空き地で、それぞれ自身の友人たちと遊んでいた時に話をしたのが出会いだったと記憶している。そうして6年生になり、嘘のように同じクラスになった。

わたしたちは仲良くなった。ただ、若干特異な点もあった。キム・サンヒ（敵）がわたしを仲間はずれにしたのだ。好きな男の子も笑うポイントも同じで、死ぬほど笑ってたくさん遊びつつも、キム・サンヒは決定的な場面でいつも裏切り、あんたを仲間はずれにしてるってことを忘れるな、とはっきりと突きつけてきた。今となっては随分昔のことで記憶も曖昧だけど、それでもいくつか覚えていることがある。

一つ目、学級新聞にわたしが文章を寄稿した時のこと。編集を担当していたキム・サンヒは、明らかにわたしをからかうための絵――（わたしの面長の顔を暗示する）キュウリやピーナッツ、わたしの鼻の穴——を、知らない間に原稿の隙間に描いた。完成した学級新聞を見たわたしが、わなわな震えるのを見るのがキム・サンヒは好きだった。

二つ目、「シン・スジンってさりげなく優しいよね」がキム・サンヒのリトマス紙的質問だった。「うん」と答えた子たちとは遊んでやらなかった。

三つ目、卒業アルバム用の写真を撮った時のこと。キム・サンヒと仲間たちは、自分たちの撮影が終わってもカメラの周りでうろつき、わたしの番になるとカメラの後ろから「笑うな。えくぼができるから笑うなよ」と真顔で脅してきた。

なんとかして少しでもわたしが綺麗に写らないようにしようとする彼女たちの必死な行動は、今思えばかわいらしい。だけど、あの頃の「かわいい」はハローキティみたいなものを指す言葉であって、皮肉で複雑な人間のかわいらしさなど、まだ理解できなかった。わたしはキム・サンヒのかわいさに全く気づけなかったのだ。ただ単に、あの子はわたしを仲間はずれにするのに、どうしてわたしはあの子のことが憎くないのだろう、と思うばかりだった。

小学校を卒業した後、わたしたちは違う学校に進学したが、その後も連絡は取り合い、親しく過ごした。キム・サンヒの仲間はずれは中学生になると終わった。共通の友人はほぼいなかったけれど、会話が嚙み合わなくなることはなかった。どこも似たり寄ったりな雰囲気のソウル・江北(カンブク)地域にある中学や高校で、わたしたちは成績も、家庭事情も、悩みもすべて似たり寄ったりだった。今回の試験はこの科目の成績がひどかった、あの芸能人が好きだ、わたしの顔は長い(大きい)、とまあそんな話をして過ごし、それぞれ違う大学に進学した。わたしはフランス語、キム・サンヒは中国語を学んだ。卒業するとすぐ、それぞれ専攻言語をきれいさっぱり忘れた。

そして少しずつ、明確に違う人生を歩み始めた。それぞれの進む道が本格的に遠ざかり、会話は明らかに嚙み合わなくなってきた。相変わらず連絡は取り続けたが、次第に間隔が空くようになり、それぞれが一番重要だと思う問題も変わった。相手が抱える問題に対する反応も的外れになった。例えばわたしは、キム・サンヒが結婚できないまま歳をとってしまうといつも戦々恐々としているのが理解できなかった。キム・サンヒも、わたしが曲をうまく書けずに落ち込むのをもどかしそうに見ていた。「どうしても自分で曲を作らないといけないの？　誰かに作ってもらった曲でアルバム出せばいいじゃん」。キム・サンヒはいつもそう言った。シンガーではなく、シンガー・ソングライターでありたいシン・スジンのことをわかっていなかった。女性の価値を「年齢」と「結婚」に見出すようにできている会社という社会組織に生きるキム・サンヒのことを、勤め人経験のないわたしが理解できないのと同じだ。それでも、わたしたちの間には会うための理由があった。それがあったから、人生が少しずつ分かれても、互いを一番付き合いが長く、誰よりも理解のある友人だと言い続けられているのだと思う。我々の心を引き寄せる理由。それが、トッポッキ屋だった。

ソウル・上渓洞（サンゲドン）、蘆原（ノウォン）駅近くの蘆原プラザビル地下1階にある「ヤングスナック」*というトッポッキ屋を教えてくれたのはキム・サンヒ（友人）のほうだった。

* 「영스넥（ヤングスナック）」と検索すると蘆原プラザビル地下1階が、「영스낵（ヤングスナック）」と検索すると、他の店が出てくる。訪れる場合は注意してほしい。

キム・サンヒとわたしはいつもヤングスナックで落ち合った。普通はヤングスナックに行くためにヤングスナックで会うものだけど、目的地がヤングスナックではない時でも、集合場所はヤングスナックだった。映画を観に行く時もヤングスナックでトッポッキを食べてから行ったし、飲みに行く時もまずはヤングスナックでトッポッキを食べてから飲み屋に向かった。それもかれこれ20年になる。

わたしはその間にミュージシャンとしてデビューし、今ではヤングスナックにわたしのサインが2枚も飾られている。キム・サンヒは一緒にヤングスナックに行くたびに、敗北感を漂わせた顔で言う。

「わたしたちがここに通い始めて20年。あんたはサインを2枚も飾ってるっていうのに、お店の人はまだわたしの顔も覚えてない。わたしの方がよく来てるのに！」

わたしは超VIPとしての恩恵をしっかり享受している。お店の人は行くたびに炭酸飲料をサービスしてくれたり、自家製の梅エキスをくれたりする。その度にキム・サンヒは言う。

「わたしが一人で来てもこんなのくれないのに！」

キム・サンヒ（敵）のせいで苦難続きだったわたしの小学校時代が、今になってようやく補償されている気分だ。

ヤングスナックのことを語るなら、どこよりも長く通うおいしいトッポッキ屋といった程度の簡単な言及では終われない。約20年という歳月は、わたしの人生の半分にもなる。これまでに摂取してきた食事によってわたしができているとしたら、きっと第一の領域は母のご飯、第二は自分で作ったご飯、そして次に多くを占めるのが「ヤングスナック」のトッポッキだろう。それだけでなく、キム・サンヒという人を、わたしにとって一番古くて、誰より特別な友人にしてくれた場所でもある。キム・サンヒとヤングスナックの店主と三人で話をしてみたかった。店主にキム・サンヒの顔も覚えてもらいたい。そしてわたしたち自身も、トッポッキという料理を食べに来るだけの客を卒業し、作っている人のこともう少し知りたいと思ったのだ。わたしたちは20年も通いながら、まだ店主の名前すら知らなかった。

キム・サンヒは世間話もせずにまっすぐ会社を出て、ヤングスナックにやってきた。わたしたちは静かに、そしてすばやく、いつも注文するモドゥムポッキ〔トッポッキ盛り合わせ〕を食べた。今回も自家製の梅エキスをくれた店主に、一緒に話をしたいと丁寧にお願いしてみた。面倒だとか、負担だと言って断られるかもしれないと思ったが、店主は「おやおや、わたしに話すことなんてないよ」と言いながらも、隣に座ってくれた。

わたしはキム・サンヒを正式に紹介した。

「この子がこの店を教えてくれたんです」

「ヤングスナックにより長く通っているのはわたしなんです、わたし」とキム・サンヒが誇らしげに言った。

店主　知ってるよ。長い間通ってくれている子は顔を見たらわかる。

キム・サンヒ　またまたそんな。一度もそんな素振りをなさったことないじゃないですか。

店主　わたしはもともと馴れ馴れしくはしないからね。

わたし　キム・サンヒとわたし、高校の時から本当にここによく来てたんですよ。

キム・サンヒ　オープンしたのはいつですか？

店主　2000年の4月だよ。ちょうど20年だね。

わたし　？

キム・サンヒ　？

店主　？

わたし　2000年なら、わたしたちは二十歳……。

キム・サンヒ　おかしいな。高校生の時から通っているのに……？

　わたしとキム・サンヒは高校生の時から間違いな

く通っていると言い張ったが、店主が商売を始める時に取得した権利証の話まで出てきて、ようやく意地になるのをやめた。店主は元々ここにあった「ヤングスナック」を引き継ぐ形で商売を始めたとのことだった。だからわたしたちが高校生の時にも来ていたとしたら、前の店主の時代だった可能性もある。しかし、初めて来た時から今の店主はいた。となるとやはり、ここに通い始めたのは二十歳の時からということになる。商売を始めた本人が記憶を間違えるはずがない。ほんの一瞬でも意地になって言い張るなんて、だいぶ幼稚なことをしてしまった。とはいえそんなことより、別々の制服を着て向かい合って座り、モドゥムポッキを食べるわたしとキム・サンヒの姿。何度も思い返したその光景が、わたしが作り出した虚構の記憶だったということにもっと衝撃を受けた。ヤングスナックの壁にコーティングまでして貼られているわたしのサインにも「高校生の時から常連だった」と書いている。脳は記憶を好き勝手に操作するという話は、鳥肌が立つほど事実だった。近々わたしのサインは大々的に入れ替える必要がありそうだ。

わたし　わたしたちの記憶違いってことか。通い始めたのは引き継いでオープンなさった後だったんでしょうね。そうなるとわたしたち、完全にオープニングメンバーですね。

店主　そうだね。店を始めた頃は何がなんだかさっぱりで、右も左もわからないまま働いてたよ。

キム・サンヒ　その頃からおいしかったですよ、すっごく。

わたし　他の料理を作ってもこんなにおいしいんですか？

店主　もうめっきり作らなくなったから、今じゃあ他の料理はできないよ。作るのはこれだけ。おかずも買って食べるしね。

わたし　お店を始めた頃の話、聞かせてくれませんか。

店主　あの頃は本当にしんどかったよ。

わたし　最初はお客さんも少なかったんですか？

店主　いいや、お客さんは当時から多かった。初めに投資したお金もすぐに回収できた。朝から晩までずっと働いてね。今は少し遅めに来るけど、あの頃は朝からやってたんだ。

キム・サンヒ　じゃあ、しんどかったことって？

店主　あの頃はただ生きていくのが大変だったんだよ。暮らしが厳しいと人は荒(すさ)んでいく。うちはあまり平穏とは言えない家庭で、しんどいことも多くてね。子どもの父親とは一緒に暮らしてないんだ。だから全部わたしが背負わないといけなくて、本当に大変だった。常に神経を尖らせて生きてきた。

　娘と息子がいるんだけど、うちの息子は大人しくて、わたしを困らせるような子じゃなかった。だけど高校の入学式の日に、生徒指導の先生が、長髪だからって息子の頭を摑んで床に叩きつけたっていうんだ。ひどい侮辱だよ。それまでそんな仕打ちは受けたことのない子だったのに。その後の3年間は……もう辛かった。息子はそれ以来、先生とはぶつかってばかりだった。

　それがちょうど商売を始めた頃だった。学校にも何度も呼ばれてね。息子とつるんでいた子たちは、みんな親が学校に出て行って自主退学届を書いたよ。わたしは最後の最後まで書かなかった。あの子がここで学校を辞めたら、人生が終わるって、そう歯を食いしばって耐えたんだ。担任にも息子を支えてあげてくれって、何度もお願いした。担任はものすごく血の気の多い人でね。わたしが熱心に頼み続けたら、その思いに心が動いて手を差し伸べてくれた。息子が3年生になる時、他の先生が担任になってまた問題が起きたらどうしようかと心配で、前の担任に連絡したんだ。助けてくれって。廊下でも、どこでもいいから、遠くにあの子が見えたら声をかけて、抱きしめて勇気を分けてやってほしいって。そうしたら先生、約束を守ってくれたんだ！

3年生になってまもない頃、誰かが後ろから息子を呼んだんだそうだ。見ると前の担任だった。近付いてきたから息子は軽く会釈をしたらしい。そうしたら先生が抱きしめて「お前なら大丈夫。先生はお前を信じてる」って背中を叩いてくれたって言うんだよ。息子はその後、「母さん、俺、先生のこと誤解してたみたい」って。あの子はそれで心を入れ替えて、地道に勉強したよ。

わたし　息子さんはそのいきさつ、全部知っているんですか？

店主　いいや、詳しくは話していないから知らないさ。

わたし　……。

店主　世の中の母親って、みんなそういうものだよ。自分に何があっても構わないけれど、子どもに何か起きた時は耐えられない。それでも、入学式の日に息子にあんなことをした生徒指導の先生には、わたしが何か言えば息子が不利益を被るかもしれないと思って我慢したんだ。今でも本当に悔しいよ。息子が卒業して卒業アルバムを持ってきた時、息子よりもそいつの顔を先に探したよ。名前だってまだ覚えてる。

息子が大学1年生の時に休学して軍隊に行っていた頃、担任だった先生から電話があった。息子の近況を話したら、大学なんて行けないと思っていたってびっくりしてね。先生はすべてお母さんのおかげだっておっしゃったけど、わたしは、神様が手を差し伸べてくれたんだと思う。

キム・サンヒ　本当にお母さんのおかげだと思います。

店主　だけど、そんな時期が過ぎた後になってから、わたしの心が地獄のような状態になってね。息子のことで大変だった時は、自分の精神的なストレスなんて気づきもしなかった。どう問題を解決するかばかり考えて、自分の心を省みる余裕なんてなかったんだ。それがひと段落して息子は心を入れ替えて大学生になり、わたしにも優しくしてくれるのに、今度はわたしがなんでもないことにイライラして、息子のやることなすことすべて気に入らなくなった。毎日日記に息子の悪口を書いてね。その頃、15階に住んでいたんだけど、「ここから落ちたら死ぬかな」ってベランダに立って眺めてた。

　だけど、書いた日記を見返して思ったんだ。もしわたしが死んだ後に息子がこの日記を見たら、どんなに傷つくだろう。わたしのきょうだいが見たら、あの子を憎むんじゃないかって。日記は資源ごみの日に全部捨てた。あのまま過ごしていたら本当におかしくなりそうだったから、自分の足で教会に行った。今思えば、うつ病だったんじゃないかな。辛い時期を乗り越えて、息子は母親によくしてくれるのに、わたしはなんでこんなに不満だらけなんだろう、わたしに問題があるんじゃないかって。だから教会に行った。そこで随分変わったよ。

もう息子とぶつかることもない。息子は今も昔も同じ。わたしが変わったんだ。最近は、体はあちこち痛いけど心はいつも平穏だよ。

わたし　どこが悪いんですか？

店主　そりゃあ、あちこちね。今日も歯医者に行ってインプラント埋め込んできた。糖尿、血圧、高脂血症。毎日ここに来る前にこのビルにある韓医院〔韓国の伝統医術で治療を行う医院〕で鍼を打ってもらって、理学療法も受けてくるんだ。

わたし　体調のことを思うと仕事を辞めて少し休んでほしいけど、お店は長く続いてほしいし……。複雑です。

店主　だけど、働くことで体の痛みが和らいでるような気もする。それに、年寄りよりも、学生たちを相手にする方がストレスが少ないから店を続けてこられたのかもしれない。年寄りは余計なことばかり言うからね。問題は大人。子どもたちは何にも悪くない。この仕事をしながらそう学んだよ。やんちゃしている子たちだって悪い子たちじゃないと思う。

わたし　そうですか？

店主　学校で遊んでばかりの子たちは目つきが違う。わたしが親切にするでしょう？　すると親切だとは受け取らないで、あのおばさんどうしたんだ、って変な目で見るんだ。それでもわたしはいいところを見てあげようと思う。もちろん悪い部分も探せばあるけど、誰だって良いところのほうが多いでしょう。だから良いところだけを見て、良いところの話をしてあげる。子どもたちが聞いていようがいまいがね。

キム・サンヒ　どうやって？

店主　勇敢というのか、自信に満ちているというのか、やんちゃな子たちってそんな子たちが多い。自信に満ちていてとても格好良いから、そこをうまく活かせば社会で認めてもらえるはずだって言ってあげるんだよ。

　ある子は、母親の文句を言ってた。誰の話をしてるんだろうと思ったら、「あいつ、自分が母親だからってさ……」って言うのを聞いてわかった。その子の顔は今も覚えてる。いつ来ても優しくしてあげてたんだ。そういう子たちには一層親切にしてあげる。学校の先生からは褒めてもらえない子たちだから。商売のために良くしてあげるわけじゃない。もちろん最初は褒めてあげようとしてもキッと睨まれたりするんだけど、それでもわたしは親切に、親しくしてあげたんだ。今じゃ結婚した子たちもいる。優しくなって、礼儀もきちんとしてね。だけど、もう今は声をかけたりはしない。知ってる子だとわかってもね。

　自分の体が許す限りは病院通いしながら店をやりたい。本当にもうダメだと思ったら辞める。だけど今は昔より楽なんだ。昔は人が多かったけど、今は減ったから。

わたし　今も昔も変わらない気がするけど、お客さん、減ったんですか？

店主　昔に比べたら学生の数自体が減ったでしょう。今じゃあ、昔は制服で来ていた学生たちが結婚して、家族と一緒に来るんだよ。3、40代になってね。

確かにそうだった。ヤングスナックに来るたび、大人や家族連れの比重がどんどん高くなっていた。店が有名になったから学生以外にも客層が広がったのかと思っていたが、そうではなかった。みんなわたしやキム・サンヒのように、ヤングスナックとともに育った人々だったのだ。

そうやって昔から蘆原プラザビルの地下の隠れ家に出入りする者たちには、おそらくヤングスナックとともに記憶に残るトッポッキ屋がもう1店あるはずだ。ヤングスナックとは気まずくなるくらい真正面で向かい合っていた「ミド粉食(ブンシク)」だ。

キム・サンヒが初めてヤングスナックを教えてくれた時から、その店のことが気になっていた。正直に言うと、ここで商売が成り立つのだろうか、というのが第一印象だった。ヤングスナックのトッポッキがあまりにおいしいから、(食べたこともないくせに)ミド粉食は勝負にならないだろうと思ったのだ。しかし、それは見当違いだった。のちに噂に聞いたところによると、すでに蘆原のトッポッキ専門家たちはヤングスナック派とミド派に分かれ、それぞれの店に忠誠を誓っていたのだ。義理堅いわたしは、キム・サンヒに「我々はヤングスナックに入門したのだからミドには行くまい。行きたければ、ともに行こう」と宣言し、キム・サンヒも同意していた。しかしその後、キム・サンヒ（敵）は誓いをやぶって一人でミドに出入りし始める。*

＊いまだにキム・サンヒは、ヤングスナックが客でいっぱいで、どうしようもなくミドに行っただけだったと必死になって苦しい言い訳をする。

わたしはキム・サンヒに裏切られた不快感と、ついにミド粉食に行く名分を得たという喜びを同時に感じながら、慎重を期してミド粉食への潜入を試みた。トッポッキ1人前を食べ、ヤングスナックとは路線の違う独自のおいしさにいたく感動し、キム・サンヒの裏切りもついでに許してしまった。そして次回からはこの店にもキム・サンヒ（友人）と一緒に来なければと思った。ところが、残念ながらミド粉食はなくなってしまったのだ。

わたし　ミド粉食は移転したんでしょうか、それとも……。

店主　いいや、閉めちゃったんだよ。

キム・サンヒ　ずっと気になってたんです。ここともミド粉食との関係が。

わたし　わたしも。

店主　あそこは所有者がよく変わる場所でね。最初は教会で、その後は補身湯(ポシンタン)〔犬肉の鍋〕の店。ミドが一番長かった。わたしとは同い年で仲も良かったよ。

わたし　でも、ライバルだったはずだし、牽制し合ったりしたのでは？

店主　ライバルだなんて思ってないよ。学生たちがうちとミドが二大山脈だとかライバルだとか言うから、「ライバルじゃありませんよ」なんて彼らに言ったりね（笑）。わたしが体調を崩した時には、ミドの店主から今のうちに売り上げを伸ばすから早く帰りなって冗談を言われたりもしたよ。

話を聞きながら、なんとなく視線をテーブルの上に向けていると、これまで目に入らなかったシールに気がついた。持ち帰りもできることと、口座番号が書かれていた。口座番号の預金主は「キム・ギョンスク」。店主の名前だった。

わたし　お名前、キム・ギョンスクさんだったんですね。
店主　ええ、一番ありきたりな名前。息子はわたしをギョンスクさん、ギョンスクさんって呼ぶんだよ。
キム・サンヒ　トッポッキ、今は持ち帰りもできるんですね！　昔はできなかったのに。
店主　そう。男性のお客さんたちが、妊娠してつわりの来た妻たちがここのトッポッキを食べたがるって言うんだ。それで仕事帰りに寄ってくれる人たちがいてね。ずっと持ち帰りはしていなかったけど、これじゃいけないと思って始めたんだ。

ビルの地下にある古い店に通い、トッポッキを食べて大人になっていった人たちの人生を思った。ある人は、自分を育ててくれた食べ物を改めて味わいながら、よく似た子どもを抱いて静かに父や母になっていく。またある人は、その過程を経て、家族を連れてまたここを訪れる。この小さな店で、どれだけ壮大で美しいものが育まれ、羽ばたいていっているのかを、キム・ギョンスクさんは知っているのだろうか。

わたし　お子さんたちだけじゃなくて、たくさんの人たちをトッポッキで育ててこられたんですね。

キム・サンヒ　本当に。蘆原区の母だわ。

店主　（笑）

わたし、キム・サンヒ　（笑）

店主　二人とも、まだ結婚してないでしょう？

わたし、キム・サンヒ　はい。

店主　子どもを産まないとね。

キム・サンヒ　重要なのは結婚じゃなくて、子どもってことね。

店主　子どもを産まなきゃ。でなきゃ寂しくなる。うちの息子も早く結婚しなきゃいけないのに、そんなつもりないって。

わたし　息子さんが結婚する時には、わたしがお祝いの歌を歌いますね。

店主　あらまあ、本当に？

キム・サンヒ　息子さんがヨジョの歌を好きじゃない場合もあるけど。

わたし　確かに。

キム・サンヒ　そういえば、ここ壁紙も貼り替えたんですね。落書きでいっぱいだったのに。

店主　貼り替える前に写真でも撮っておくべきだったよ。額に入れて飾れたのに。考えが及ばなかったねえ。

キム・サンヒ　さっぱりしちゃって寂しいですね。

わたし　中には「ヨジョさんのファンです」、「ヨジョさん、わたしもここの常連です」なんていう落書きもあったのに、残念。

店主　でも貼り替えたら、誰も落書きしなくなった。誰かが書き始めたら後に続くだろうけど、誰もしないんだ。

もっと早く、こんな時間を持っておけばよかった。

ずいぶんと時間が経っていた。皿の上ではトッポッキのソースが乾いてしまっていた。

キム・サンヒと店主はすっかり仲良くなったようで、互いに世話を焼きあっていた。これまでに長期の休暇は病院通いをした半月余りだけだったという店主に、キム・サンヒは「どこでもいいから旅行に行ったほうがいい」と言い、両親との旅行の思い出を話していた。店主も、会社員の日常は我慢の連続だというキム・サンヒに、あまり我慢するな、時々怒ってみたりもしないと周りにバカにされてしまうとアドバイスした。

二人が情いっぱいに干渉し合うのを聞きながら心が満たされたわたしは、空いた皿を片付けた。「いいの、わたしがやるから。手についちゃうから触らないで」と店主が慌てて言った。

ずいぶん昔、まだ幼い頃に、ある男性が手品の種明かしを披露するテレビ番組があった。男性は、マジシャンたちの営業機密を暴露することになるので、黒い覆面で身元を隠していると言っていた。スリルがあってかなりの人気番組だった。ただ、手品が好きだったわたしからすると、その後の生涯を通じて手品を見て得るはずの幸せを先に壊されるような気分だった。だから見ないようにした。早く男の正体がばれて、他のマジシャンたちにこっぴどく殴られたらいいのにと思った。わたしは無視するというやり方で愛するものを守った。

この本には書かなかったが、ヤングスナックについては他にも多くの事実が明らかになった。今ではキム・ギョンスク店主が定休日の土曜日にどこに行っているのかも知っている。老後を具体的にどう過ごしたいのか、店は今後どう切り盛りしていくのか、高校時代は心配の種だった息子と、今はどれほど仲良く過ごしているかということも。

わたしはこれからキム・サンヒとともに、キム・ギョンスク店主ともっと親しく、深い間柄になりたい。当たり前のように元気かどうか尋ねて、お祝い事があれば祝いたい。わたしの話も根掘り葉掘り、聞かれなくても打ち明けていきたい。ただこの先どんなに親しくなっても、ヤングスナックのトッポッキの味の秘密だけは聞かないつもりでいる。手品の種明かしから目を背けた時のように。店主から教えてくれるはずもないだろうし、わたし自身も、決して再現してみようとは思わないだろう。

わたしとキム・サンヒの20年は、ヤングスナックトッポッキの神秘のおかげで成り立っていた。もしわたしがこの味の秘密を知り、家でもヤングスナックトッポッキに似た味を再現できてしまったら、わたしの20年間がなんだかとてもつまらないものに思えそうだ。

「わたしは大丈夫」と言えるということ

契約書を書きながら、原稿を書き終えたらみんなでコペンハーゲントッポッキを食べよう、とチョ・ソジョン（ユゴー出版社代表）と約束したのも、もう昔々のことだ。締め切りを何度も破った。そのたびチョ・ソジョンは、まるで子どもをなだめるように、わたしにこんなメッセージを送ってきた。

「早く本を書き終えてコペンハーゲンでトッポッキを食べましょうね」

早く済ませてトッポッキを食べよう。お願いを聞いてくれたら、代わりにトッポッキをおごってあげる。わたしを懐柔しようとする人は、たいていこの手を使う。まさか、たかがトッポッキごときで毎回つられるわけではなかろう。おそらくそうお思いだろうが、だいたいいつもつられる。* トッポッキという安易なエサに食いつき慣れているのは、トッポッキに対する「パブロフの犬」的な条件反射であり、同時にわたしが深刻な「意味中毒者」だからでもある。

＊もちろん、わたしはいいカモという訳ではない。トッポッキに見合わない大きな依頼だとみなした場合は、相手に真剣に聞き返す。トッポッキ何食分なのかって。

「この味がいいね」と君が言ったから七月六日はサラダ記念日

俵万智の短歌集『サラダ記念日』（河出書房新社）に収録されたこの一首。意味中毒者にしか詠めないこの一行は、20代の頃に読みあさり、そしてきれいに忘れてしまった本たちの中で、力強く記憶に残っている。* わたしは口にするどんな食べ物のことも記念だと思って大切にしている。その食べ物がトッポッキなら、なおさら愛さずにはいられない。わたしは「コペンハーゲン」の謎を解くその日を待ち焦がれながら、この本のページを黙々と埋めていった。そしてついに、今日がまさに「コペンハーゲン記念日」だ。

＊ハミングアーバンステレオの「サラダ記念日」という歌の歌詞は、この短歌からインスピレーションを受けている。23歳の頃、わたしはこ

の曲をかなり小憎たらしく歌った。

合井（ハプチョン）駅前で、坡州（パジュ）行きの2200番バスに乗った。出版団地にアウトレット、そして、もう顔も思い出せないような男性たちにデートだと言って薄暗い中連れてこられたヘイリ芸術村以外に、坡州について知っていることは何もない。バスから眺める坡州の町は、思ったよりずっと大きく、都会に見えた。地図アプリの指示通りに停留所で降りて、二十分ほど歩いた。「コペンハーゲン記念日」の邪魔はしないとでも言うように、通りは非現実的なほど閑散としていて、数人としかすれ違わなかった。

「コペンハーゲントッポッキ」。正方形の赤い看板に書かれた白い文字が目に入ると、もう胸が高鳴り始めた。入り口に足を踏み入れると、すぐに中央の天井にかかる巨大なデンマークの国旗が目に飛び込んできた。コペンハーゲントッポッキではこれといって「デンマーク的」なものは見当たらなかったというチョ・ソジョンの話から、大型国旗のようなものはないのだろうと思っていたが、初っ端から大間違いだった。

一人恥ずかしくなりつつ店内に入った。午後1時半、誰もいない静かな店内には甘美なフォークポップが流れていた。「いらっしゃいませ」。女性が中から現れた。わたしは「もう少しすれば連れも来るので、その時に注文してもいいですか」と尋ねつつ、彼女からデンマーク的な雰囲気を感じとれはしないか、気づかれないようにすばやく視線を上下に動かして観察した。「もちろんです。あとで伺うので、ごゆっくり」と、女性は再び厨房の中に消えていった。

チョ・ソジョンとイ・ジェヒョン（ユゴー出版社代表夫妻）、そしてジェハ（走る恐竜博士）を待ちながら、他にデンマーク的な点はないか、店内のあちこちを念入りに観察した。薄暗くて優雅な雰囲気。トッポッキ屋というより、しっとりとビールを嗜むパブのような印象だった。黒板のメニューを見ると、デンマークコーンチーズという文字が目に入った。これは頼まなくっちゃ。

店の外を歩いてくるチョ・ソジョン（ジェハの母）と

ジェハ（走る恐竜博士）が見えた。
「もう着いてらっしゃったのね！　わたしたちが先だと思ったのに」
嬉しそうにチョ・ソジョンがあいさつした。
「思ったより迷わずに着きました」とわたしが答えた。
「あれ、どこ行ったの？」
すぐそばにいたはずのジェハが消え、チョ・ソジョンが周りを見回した。
「わたしを見ると、もと来たほうに走って行っちゃいましたよ」
「恥ずかしがってるのよ、あの子」と、チョ・ソジョンが座りながら言った。そしてあの微笑みを浮かべた。見覚えのある微笑みだった。ペク・キニョ（母）がわたしに向かって同じように微笑むのを、数え切れないほど目にしてきた。実は数ヵ月前、済州（チェジュ）のとある食堂の店主の女性も、わたしに向かって同じように微笑んだのだ。
——その日は朝と昼の食事を兼ねてコングクス〔冷やし豆乳スープの麺料理〕とマッコリを頼んでいた。ほぼ食べ終えようかという頃、店主がニンニクの芽の下ごしらえをするのが目に入った。わずかに残っていたマッコリを飲み干しつつ、その様子をしばらく見ていた。会計をしながら「すごく丁寧に、ニンニクの芽を刻んでいらっしゃいましたね」と言うと、店主は黄色い部分は味もないし見た目も良くないから、緑の部分だけ使いたいのだと言い、緑の部分と黄色い部分を交互に見せてくれた。「料理をあまりしないから、ニンニクの芽に緑色のところと黄色いところがあるのを今知りました」。そう言うわたしを見た店主は、ペク・キニョと同じあの微笑みを浮かべたのだ。見てすぐにわかった。この人は、わたしのことをこう思ってる。情けないったらありゃしないけど、かわいいなって。今、目の前で微笑んでいるチョ・ソジョンも、わたしを見るや慌てて走り去ったジェハを見て、そう思っているに違いなかった。

少しして、ジェハはイ・ジェヒョン（ジェハの父）と一緒に再び現れた。大きな父の後ろに隠れ、一歩一歩、モジモジと近付いてくる。本の契約をした時よりもぐんと成長したことが一目でわかった。胸元に茶色いしみが大きくついている。学校で給食をこぼした跡だとチョ・ソジョンが教えてくれた。そういえば、ジェハは今年から小学生だった。

「やあジェハ！　相変わらず走るのが速いね。わたしのこと覚えてる？」

瞬時に「知らない！」と返事が返ってきた。お母さんにはわたしのこと覚えてるって言ってたんでしょ。全部知ってるよ。わたしは静かに微笑んだ。*

＊ペク・キニョ、チョ・ソジョン、そして済州のコングクス屋の店主が見せたあの微笑みである。

ごく簡単にあいさつを済ませ、さっそく注文した。お腹が空いていた。注文を聞きに来た男性が、常連客のチョ・ソジョン一家と親しげにあいさつを交わした。わたしはおとなしく座り、やはりこの男性からもデンマーク的な何かを見つけようとすばやく観察した。チョ・ソジョンの注文は一瞬だった。トッポッキの中サイズ、わたあめコロッケ、天ぷらの甘辛ソース和え、デンマークコーンチーズ。これが本日、我々が共に食す甘美な記念の食事だ。

　まず出てきたのは、上品に盛られた甘酸っぱいサラダ。食欲を刺激するのにぴったりだ。わたしは半分に切ったミニトマトと野菜をバルサミコドレッシングと混ぜながら言った。

「ジェハはずいぶんと大きくなったけど、相変わらずかわいいですね」

　いつもほんのり赤らんでいる顔がトレードマークのイ・ジェヒョンが答えた。

「そうなんです。相変わらずかわいいでしょう。だけど最近よくお兄ちゃん言葉を使うんですよ」

　はて、「お兄ちゃん言葉」とは？　聞くと、もはやかわいさなど感じられない、ぶっきらぼうに発せられる一連の言葉のことだという。少し前、チョ・ソジョンとカカオトークでやり取りした会話を思い出した。ジェハに、今度ヨジョさんと一緒にトッポッキを食べようねと伝えたと言うので、「それであの子は何て？」と尋ねてみたのだ。チョ・ソジョンの返信はこうだった。

「ワオ、って言ったんですよ」

「うわあ」ではなく、「ワオ」だった。感嘆詞にその一言を選択できるほど成長したジェハに、わたしは妙な気まずさと寂しさを感じた。わたしが知っているジェハは、まだ驚いた時には「うわあ」としか言えない子だったのに……。今わたしの目の前に座っているジェハは、息子が近頃「お兄ちゃん言葉」を使って心配だと慎重に話している父親に向かって、無愛想にまたもや「お兄ちゃん言葉」をぶつけた。

「ちょっと、なに言ってんだよ」

「あぁ、いや、なんでもないよ」

イ・ジェヒョンは急いで手を横に振り、困ったように笑った。

ジェハは不機嫌になってきたのだ。背が高く歳をとった人たちが集まると、いつも自分を見下ろし、許可も得ずに頭をなでては髪の毛を掻き乱し、聞いても理解できないだろうと決めつけて、ああだこうだとジェハの話をする。そして、自分のことを情けないけどかわいいなと思いながら微笑みかけてくることにイライラし始めたのだ。まだ食事をするのも下手で、服にしみを思いっきりつけるような成長途中の小さな体だけれど、ジェハはわたしの想像よりも早く、大きく育っていた。

「そうだ、ジェハは恐竜が大好きだよね。最近はどの恐竜が一番好き？」

話題を恐竜に変えてみた。

「もう好きじゃない。子どもっぽすぎるよ」

わたしは恐竜でもないのに、ジェハの言葉に傷ついた。

しばらく何も言えなかったわたしの前に、トッポッキが運ばれてきた。鍋底に少し見える透明なスープとともに餅や具が盛られていたが、ソースに隠れてよく見えなかった。ワイルドでカリスマ性を感じる赤いコチュジャンソースは見るからに手作りで、総指揮者のように具材の上に君臨していた。続々と運ばれてくるその他のメニューのことも、入念に観察した。中でも、密かに最も期待していたのが、四角い鉄板の上で誇らしげにジュージューと音を立てるデンマークコーンチーズだ。見た目も味も見事だった。ただ、それがデンマーク的だとは断言できず、むしろわたしに言わせると、あまりにも「韓国的」で、

「ジェハ的」だった。

「ジェハの大好物なんです」

イ・ジェヒョンが言った。

本当にジェハ（走るコーンチーズ博士）は、トッポッキには目もくれず、コーンチーズばかりがっついていた。わたしもコーンチーズは大好きだけど、ジェハを思って、味見をした後は手をつけなかった。

沸騰してコチュジャンソースが溶けていくにつれて、トッポッキの全容が現れ始めた。嬉しいことに好物の油揚げがたっぷり入っている。春雨とオデン、豆もやし、長ネギの間から見える細長い小麦餅の形も実に美しかった。* 十分煮立ったトッポッキを食べると、想像以上に多彩な味で驚いた。堂々とかかるコチュジャンソースは辛くてしょっぱい刺激的な味だろうと想像していたが、違った。ものすごく熱いけれど優しい鍋料理を食べているようだった。通っている運動施設の館長のことが頭をよぎった。彼はたいていのトレーナーと同様にガッチリとした体つきだが、荒々しく息をしながら体を動かす姿は一度も見たことがない。時々すれ違う館長は、いつもしゃがみこんで植木鉢に草花を植えたり、花を眺めたりしていた。「わたしが通っている運動施設の館長みたいな味だ」と思っていたら、チョ・ソジョンが言った。

＊好みの問題だと思うが、わたしは同じ小麦餅でも、斜めに切った小麦餅より円形に切った小麦餅が好きだ。

「ビールも飲まないとね」

わたしは「もちろんです」と答えた。わたしが前日に飲みすぎて二日酔いのせいで約束を1時間遅らせたのを知りながら、そんな事情など彼女は気にしなかった。わたしたちはビールを2杯ほど飲み、ゆっくりと食事をした。ビールのお供として、わたあめコロッケと天ぷらの甘辛ソース和えが大活躍した。炒めご飯まですっかり食べ尽くし、わたしたちの長い食事は終わった。

食事を済ませても、店内で特に目立つデンマーク的なものを見つけるに至らなかったわたしは、最も確かな手段に出るほかなかった。会計をするチョ・

ソジョンの後ろに忍び寄った。そして、カウンターで会計をしている女性に、慎重に「コペンハーゲントッポッキ」という店名のいきさつを尋ねた。

「特に何の意味もないのですが……」

それが、彼女の答えだった。チョ・ソジョンが、無言でぼうぜんと立つわたしの横で事情を説明し始めた。

「実はこの方がうちの出版社からトッポッキの本を出すことになっていて、前からここに来たがってたんです。どうして店名が『コペンハーゲントッポッキ』になったのか気になっていらっしゃって」

ざわついた空気を感じとった男性が、突然厨房から現れた。

「店内のインテリアのコンセプトを考える過程で、特に意味もなくコペンハーゲントッポッキにしたんですよ、ははは」

ジョン・メッサリーというアメリカの哲学者が書いた『人生の意味』〔未邦訳〕という本がある。「現代の主な哲学者、科学者、文筆家、神学者たちが人生の意味について書いた百余りの理論と省察を初めて体系的に分類、要約、整理した本」と紹介されていて購入したが、まだ読めていない。いや、正直にいうと、その本をじっと見つめているだけで、何か気付きがあるような気になり、読もうという気持ちにならないのだ。人生には意味がある、いいや、意味などない。拮抗する賢い人たちの500ページを超える主張を前にして、自分が意味について考えることに何の意味があるだろうか、と、変な言葉遊びか冗談のような気持ちになるのだ。意味と無意味はまさにメビウスの帯のようだ。境界がまるでない。無意味かと思えば意味があるし、意味があるかと思えば、無意味なのだ。ジェハ（走るコーンチーズ博士）にとって完璧に無意味になった恐竜たちが、ジェハ（走る恐竜博士）の幼少時代を証明する意味を持つように。意味に執着する意味中毒者であるわたし自身でさえ、朝を迎えるたびに生の無意味さを経験するように。

「次回またいらっしゃる時までにコペンハーゲンの意味を作っておきますね！」

男性店主の図太さでわたしは正気を取り戻した。わはは、と笑いながら「大丈夫、大丈夫ですよ」と繰り返した。

本当に大丈夫だった。

帰りのバスは人でいっぱいだった。わたしは通路に立ったまま、窓の外を眺めた。日が暮れ、窓にはわたしが映っていた。わたしと目を合わせたり、視線を外したりしながらソウルに戻った。意味と無意味が好き勝手にもつれ合う人生の中で、「わたしは大丈夫」と言えるということ、ただそれだけが重要に思える夜だった。ジェハ（走るコーンチーズ博士）に忘れられた恐竜たちも、元気に過ごしているはずだ。

どんなトッポッキでも
おいしいと食べて生きてきた人生

これまでの人生、あまりにもトッポッキを過剰摂取してきたように思う。

トッポッキの本を執筆中だと事あるごとに自慢していたら、周囲の優しい人たちはどうにかしてわたしを助けようと、会えばいつもトッポッキ屋へ連れて行こうとした。そこまでトッポッキ好きではない人まで、食事となると「トッポッキ……食べなきゃだよね？」などと言う。幸せだけどプレッシャーもかかる、そしてプレッシャーを感じるけれど同時に幸せでもある時間だった。過剰なのは摂取だけではない。おいしいトッポッキ屋があればすぐに情報が入るので、少しずつ、自然と、わたしは歩くトッポッキマップになっていた。

「トッポッキの本を書くらしいね。うちの近所に最高においしい店があるんだ。峨嵯山（アチャサン）駅の近くに……」

「『身土不二（シントブリ）』？」
「え？　あ、うん」

「緒山洞（チュンサンドン）にめちゃくちゃおいしいトッポッキ屋が……」
「『おいしい店　トッポッキ』のことだったら知ってる。だけどあそこは1人前がかなりの量らしいね。誰かと一緒のほうがいいだろうと思いながらまだ行けてないんだよね」
「あ、そう……」

トッポッキ屋の話が出ると、無意識に知ったような口をきく自分に気がついた。何かに関して知識が豊富になった人間は、ちょっと油断するとすぐに嫌味ったらしくなると悟った。

一方、トッポッキの本を書いていると話すと、ある特定の目つきで見られることも何度かあった。どう説明すればいいだろうか。その目つきから読み取れるメッセージを最も簡潔に表現するなら、「ほほう」ではないだろうか。「トッポッキがテーマの本を書いています」と言うと、相手の目から発せられる「ほほう」の視線。その光線をギラギラと放ちながら、彼らは決まってこう言う。

「それなら、〇〇トッポッキには行ったことがおありでしょうね？」

あの店を知らずして、よくもトッポッキを論じられるな、といった具合だ。10ヵ所あれば9ヵ所は初めて聞く店だった。そのたび「いや、そこは初耳です……」と言葉を濁すのが常だった。* この本を書きながら、トッポッキに関する本を書く資格が果たしてわたしにあるのかと、冗談っぽく悩んでみることもあった。そのうち真面目に考え始め、何かを本当に好きになるとはどういうことなのかと悩むまでになった。

* 本が好きな人も、音楽が好きな人も、知識の豊富さを醸し出すために大衆的な趣味は決して表に出さない。その公式はトッポッキの世界にも適用されるようだ。

この間に出会ったトッポッキを愛する人たちはみんな、自分の「基準」を持っていた。小麦餅でなければならない、米餅でなければならない、汁がなければいけない、汁はないほうがいい、小麦餅でも酸っぱいにおいがしてはいけない、ヤンニョムにコチュジャンを使ってはいけない、ニンニクを必ず入れなければならない、化学調味料を使ってはいけない、化学調味料を使わなければいけない……。そして、みんな自分だけの「基準」を基準として、他は受け入れないという構えだった。小麦餅擁護派は、米餅を受け入れないし、米餅擁護派は小麦餅を認めはしなかった。

トッポッキ以外のことについてもそうだ。何かを好きになり、「基準」ができた人々は、それに反する領域をきっぱりと拒否した。かっこよかった。何が正しくて、何が正しくないかが重要なのではない。傲慢なほどにはっきりとした好き嫌い、それ自体がかっこよくて素敵だった。わたしもそんなふうにトッポッキを好きになりたかった。だけど、そんな傲慢さは持ち合わせていなかった。

「ヨジョさんはどんなトッポッキがお好きですか?」

幾度となく問われ、わたしはこう答えた。

「全部好きです！」
小麦餅も、米餅も、辛くても、甘くても、膨れていても、しょっぱくても。*

＊本当にまずくて、最初で最後のクレームを入れたその瞬間さえも、しっかり食べたくらいだ。

トッポッキだけの話ではない。
「ヨジョさんはどんな音楽がお好きですか？」
わたしは答えた。
「全部好きです！」
「ヨジョさんはどんな本がお好きですか？」
わたしは答えた。
「全部好きです！」
「全部好き」という言葉は平和で退屈だ。どこをとっても善意しかないのに、聞く人をイラッとさせることも度々だ。一つひとつを照らし合わせて比較し、ベストを決めるのは正直面倒だという本音がひそむ、かなり怠惰な言葉でもある。
それでも、この傲慢さのない「好き」という気持ちに不満を持たないことにした。「全部好き」という言葉に本気で向き合ったからこそ、この本を書くことができたのだと思うから。

この本の中に登場するすべての人を、わたしの友人だと思って書いた。両親も、出版社の代表も、小学校に入学したばかりの子どもも、みんなわたしの友人だ。この本を書き終えた今、より深い感謝を伝えなければいけない相手は、トッポッキよりも友人たちだ。

中でも、とくに感謝を伝えたいのが、2年に渡り進行役としてともにポッドキャスト配信を行ってきたチャン・ガンミョン（作家）だ。『とにかく、○○』シリーズの筆者としてオファーを受け、何について書けばいいのか悩んでいたわたしに、「ヨジョさんはトッポッキが好きでしょ。トッポッキについて書いたら？」と提案してくれたのがチャン・ガンミョンだった。「とにかく、」の後に「トッポッキ」と続けることができたのは、チャン・ガンミョンのおかげだ。『当選、合格、階級』〔未邦訳〕というルポルタージュであらゆる文学賞を総なめにした彼が、自身のことを「わたし、チャン・ガンミョン」としれっと表現していたのが印象に残っていたわたしは、この本の中で「わたし、シン・スジン」という表現を用いてチャン・ガンミョンへの敬意と感謝を表した。*

* この本には「わたし、シン・スジン」が計3回登場する。じゃんけんも3回戦、尊敬と感謝も3回は必要だ。

心残りもある。本当は載せたかったけれどかなわなかった話がある。なぜ世の母親が作る家庭のトッポッキは、外で売られているトッポッキのような味にならないのかについても書きたかった。結局、化学調味料にヒントがあるのかもしれないと考える程度に終わり、書けずじまいとなった。先日、両親と一緒に食事をしながら、トッポッキに関する本を執筆中だと話した。母さんの話も出てくると伝えると、ペク・キニョ（母）はこう言った。

「母さんのトッポッキがどれだけおいしいか、って話だね？」

この話を書き切ることができず、残念無念だ。

どんなトッポッキでもよく食べて生きてきた、平和で単調なわたしの人生の中で、愉快に思ったちょっとした瞬間の記録を、あなたにも楽しんで読んでもらえるようにと祈りながら、この本を書いた。

以前から村上春樹の文章を読むと、ものすごくビールを飲みたくなることがよくあった。彼の本を読み、もう我慢できないと缶ビールを手にしてプシュッと栓を開けるたびに、これこそがまさに誠実なレビューではないかと思った。おそらく、わたしにとっての最高のレビューは、この本を読んだあなたの次の食事がトッポッキになることだろう。

訳者あとがき

本書『とにかく、トッポッキ』は、韓国の小規模出版社3社による『とにかく、〇〇』シリーズの25番目の作品として、2019年11月に刊行された。それぞれの著者が自らの愛してやまない対象について語る同シリーズは、2017年の刊行開始から2020年12月までに39タイトルを世に出してきた。そのテーマは、ヨガに文房具、靴下、酒など実にさまざまで、シリーズでは唯一特定の人物をテーマに据えた『とにかく、ハルキ』(村上春樹)まで存在する。

日本で本書を手にとってくださった方々は、どんな内容を想像してページをめくったのだろうか。「トッポッキ」の文字に惹かれた韓国料理好きの人にとっては、もしかしたら想像と少し違った内容だったかもしれない。本書はたしかにグルメレポートでも、人気店の紹介でもない。むしろ出てくる店の多くはすでになくなってしまっている。と言いつつも、著者がいかにトッポッキを愛しているかということは筆致でこれでもかと伝わってくるので、その意味では本書も立派な「グルメ」エッセイと言えるのかもしれない。

しかし主眼はあくまでも、トッポッキという食べ物を介して語られる、シンガーソングライター・ヨジョの人生の記録だ。幼い日の家族の思い出、30年来の友情、仕事仲間との日常、「肉好きな」ベジタリアンとしての自負と葛藤——どのエピソードにおいても、つねに彼女とともにあり、そのお腹を満たして活力を与えていたのがトッポッキだった。「人生において、母、そして自分自身が作った料理に次いでたくさん食べているのがトッポッキだ」とまで言い切る彼女の素顔を知るのに、本書がこれ以上ないほど適している所以である。

1981年ソウル生まれの著者は、2007年にデビューし、有名なドラマのOST（オリジナルサウンドトラック）も手がけた人気シンガーソングライター。芸名の「ヨジョ」は20代前半に傾倒した太宰治の『人間失格』の主人公、大庭葉蔵からとったという。現在では歌手活動に加え、本の執筆や書店経営など多彩な活動で知られるが、そこには「言葉」を生み出し、届けることへの一貫したこだわりがあるように感じられる。

最近では、YouTubeでの動画配信にまで活動を広げているから驚きだ。自身のチャンネルでは、日々の読書について語ったり、作家たちと対談したりと自由に発信を行っている。日常についてとりとめなく話してみたり、新しく始めた習慣を紹介したりすることもあれば、フェミニズムや環境問題について、柔らかくも力強い言葉で持論を述べたりもする。彼女が等身大で悩み、他者に寄り添おうとしながら言葉を発する姿は、良い意味でとても有名人には思えない。隣で目線を合わせて語ってくれているような、不思議な身近さがあり勇気づけられる。

著者にとって、本書『とにかく、トッポッキ』は6冊目の本になる。自身でも「自叙伝のようだ」と語る一冊のテーマが食べ物なのは少し不思議にも思えるが、それほどトッポッキが韓国の人々にとって象徴的なものだということだろう。本書を紹介するラジオ番組などを聴いてみると、出演者たちはみな途中から本の内容そっちのけで一推しのトッポッキ屋や、学生時代に通った店の思い出、好きなトッポッキの「基準」について熱く語り始める。どうやら本当に、誰もが自分だけのトッポッキエピソードを持っているらしい。

そんなトッポッキが、今日に至るまでにどんな歴史を辿ってきたのかを簡単に振り返ってみたい。古くは朝鮮王朝時代の宮中料理として供されていた記録も残っており、当時は餅を牛肉やキノコなどの高級な食材と炒めて醤油で味をつけた上品な料理だったという。現在定番となっている甘辛いコチュジャントッポッキは意外と歴史が浅く、その誕生は朝鮮戦争以降のこと。生みの親は、のちにコチュジャンのテレビCMにも登場し、国民に親しまれたマ・ボンニムさんとされている。休戦直後の1953年、中華料理店で炒めた黒味噌のついた餅を偶然口にし、そのおいしさに気づいた氏がそこからヒントを得てコチュジャントッポッキを考案。当時住んでいたソウル・中区の新堂洞（シンダンドン）の路上で売り始めたのが始まりだという。

戦後しばらく経ち急速に産業化・都市化が進むと、小麦粉や油、砂糖といった路上フードの主材料も市場に出回るようになり、出先で簡単にお腹を満たせるトッポッキが多忙な人々の間で人気を集め始めた。1970年代に全盛期を迎えると、「国民的おやつ」として定着。味や調理法を常に発展させながら今日まで愛され続けている。現在では少し値段の張る進化系トッポッキも増えているが、韓国の人々にとって「トッポッキ」と言えば、やはり中学校や高校の下校途中にお小遣いで買い食いした思い出と切り離せないものだという。

本書の編集過程でやり取りをしていた著者から、「日本の人々にとって『トッポッキ』のような存在の食べ物は何か」と問われた。実はわたし自身も、翻訳をしながら幾度もそのことを考えていた。代表的な日本食であるおにぎりや寿司など、いくつか頭に浮かぶ食べ物はあった。それでも、少ない小遣いをやりくりする子ども時代から行きつけの店や馴染みの味があり、そのうえ大人になってもなお立派な定番メニューであり続けるトッポッキとは、やはりどこか位置づけが異なる気がする。結局なかなか思い当たらず、はっきりとした答えはまだ返せていない。

トッポッキと並んで、著者を紹介する要素として欠かせない「本」についてももう少し触れておきたい。著者は本好きが高じて、2015年にソウルにて書店「本屋無事」をオープンしている。その変わった店名は「周囲のみんなも店自体も無事でいてほしい」という思いで名付けたという。店頭には彼女自身が読んできた本や、今後読みたい本が中心に並べられており、済州島に移転した現在も本と人とが静かに出会う場であり続けている。

本を書き、売り、紹介しと、まさにあらゆるアプローチで本と人との間をつないでいる彼女の、本に対する考え方が伝わるエピソードがある。前述のYouTubeチャンネルに、劣等感や自尊感情の低さが原因で、うまく人間関係を築けないと悩む視聴者からのメッセージが寄せられた回があった。そんな声に対し、彼女はこんな風に答える。「その負の感情を否定するのではなく、どう向き合うべきかを考えてみるのはどうだろう？　本は、自分の感情をより深く知り、それを読み解くための言葉をわたしたちに与えてくれる」。もやもやとした感情を捉えるための名前を、本が教えてくれるかもしれない。明確な単語としてではなくとも、小説の台詞や主人公の行動を通して「これはわたしが感じていたことと同じだ」と気づけることもあるだろう。多くの本を読み、自分の心を表す言葉を探してみてほしい。問題解決のための次のステップを考えられるし、もっと良い自分を見つけられる——彼女はそんな風に語っていた。本書からも、わたしたちの心の中にある未だ言語化されていない大切な感情を発見できるかもしれない。大好きなものへの気持ち、小さい頃の思い出、何でもない日に食べた、何気ないけど心の隅に残る食べ物のこと。思い出そうとしてあれこれ考えていると、自分なりの『とにかく、〇〇』が書けそうな気がして嬉しくなる。

トッポッキにぴったり当てはまるような日本のソウルフードはまだ思いつかないけれど、わたしたちにはそれぞれの、大切な食べ物や味の思い出がきっとある。「わたしにとっての最高のレビューは、この本を読んだあなたの次の食事がトッポッキになること」と著者は書いているが、その食べ物を思い出したなら、次の食事で味わってみるのもまた、この本の特別なレビューになるはずだ。

K-BOOK PASSは
"時差のない本の旅"を提案するシリーズです。
この一冊から小説、詩、エッセイなど、
さまざまなK-BOOKの世界を気軽にお楽しみください。

とにかく、トッポッキ

2021年3月31日　初版第1刷発行

著者　ヨジョ
訳者　澤田今日子
編集　松本友也
本文イラスト　秋山あゆ（DELICIOUS DESIGN Inc.）
ブックデザイン　金子英夫（テンテツキ）
印刷・製本　大盛印刷株式会社

発行人　永田金司　金承福
発行所　株式会社クオン
〒101-0051
東京都千代田区神田神保町1-7-3 三光堂ビル3階
電話　03-5244-5426
FAX　03-5244-5428
URL　http://www.cuon.jp/

ISBN 978-4-910214-18-4 C0098